Learn Spanish with Crime Stories

Spanish B1 Reader

Brian Smith

El Misterio del USB Perdido

La Desaparición

En la oficina, llena de luz y bullicio, de "Innovaciones Delta", algo inesperado ocurre. De repente, el silencio se apodera de la sala cuando el jefe de seguridad entra apresuradamente.

—Señor García —comienza el jefe de seguridad, con voz preocupada—, hemos perdido un USB muy importante, con datos secretos de la empresa.

El señor García se levanta de su silla, claramente alarmado.

—¿Cómo ha podido suceder esto? ¿Estás seguro?

—Sí, hemos revisado todo. Está desaparecido.

La preocupación se dibuja en el rostro del director.

—Esto es grave. La información que contiene no puede caer en manos equivocadas.

Es entonces cuando deciden llamar a Luis Ramírez, un conocido detective privado de Madrid.

Luis llega a la empresa, con una mezcla de curiosidad y seriedad en su mirada.

—Buenos días, señor García. Me han informado sobre el USB desaparecido. Empezaré a investigar de inmediato.

Juntos, se dirigen al último lugar donde se vio el USB. Luis observa detenidamente el entorno, tomando notas mentalmente.

—¿Quiénes estuvieron aquí el día de la desaparición? —pregunta Luis con tono firme pero calmado.

El jefe de seguridad proporciona una lista de empleados. Luis asiente, pensativo.

—Necesito hablar con ellos.

Uno por uno, los empleados entran en la sala de reuniones donde Luis les espera. Mientras tanto, revisa las grabaciones de las cámaras de seguridad, pero el misterio se profundiza: no hay señales de cómo desapareció el USB.

—Esto se complica —murmura Luis—, pero no hay caso sin solución.

Al hablar con los empleados, nota a uno particularmente nervioso: Carlos.

—Carlos, ¿puedo preguntarte dónde estabas el día de la desaparición del USB?

Carlos traga saliva, claramente incómodo.

—Eh... en la sala de fotocopias, creo.

—¿Solo 'crees'? Necesito que seas preciso, Carlos.

Luis se da cuenta de que algo no cuadra. La investigación acaba de comenzar, pero ya tiene su primer sospechoso. Sin embargo, guarda silencio sobre sus sospechas, manteniendo la confidencialidad de la investigación. La intriga apenas comienza, y Luis está determinado a resolver el misterio del USB perdido.

- Apoderarse - Seize
- Apresuradamente - Hastily
- Bullicio - Bustle
- Confidencialidad - Confidentiality
- Desaparecido - Missing
- Dibujar - Draw
- Empleados - Employees
- Entorno - Environment
- Innovaciones - Innovations
- Investigar - Investigate
- Mentalmente - Mentally
- Nervioso - Nervous
- Preciso - Precise
- Profundizar - Deepen
- Revisar - Review
- Sospechoso - Suspect
- Tragar - Swallow

Las Investigaciones

Después de hablar con los empleados, Luis decide seguir a Carlos. Mantiene una distancia prudente para no ser descubierto. Al caer la tarde, ve a Carlos encontrándose con una persona desconocida en una cafetería cercana.

Luis se sienta discretamente en una mesa detrás de ellos y trata de escuchar su conversación.

—Hola, Carlos. ¿Todo listo? —dice la persona desconocida con una voz baja.

—Sí, pero... estoy nervioso —responde Carlos, mirando hacia todos lados.

Luis intenta captar más de su diálogo, pero las voces del lugar se mezclan y no logra entender más detalles. Confundido pero decidido, vuelve a la empresa al día siguiente.

Decide entonces cambiar su estrategia y comienza a entrevistar a otros empleados.

—Buenos días, Ana. ¿Recuerdas algo inusual el día que desapareció el USB? —pregunta Luis.

—La verdad, Luis, ese día todo me pareció normal —responde Ana, pero Luis nota una pequeña duda en su voz.

Continuando con su investigación, Luis revisa los registros de acceso a la sala de reuniones. Se da cuenta de que hay discrepancias entre los testimonios de los empleados y los registros. Algo no cuadra.

Con esta nueva información, Luis vuelve a hablar con los empleados, confrontándolos con las inconsistencias.

—José, tu tarjeta muestra que entraste a la sala dos veces ese día, pero tú dijiste que no entraste —señala Luis, mirándolo fijamente.

José se pone pálido.

—Eh... quizás olvidé. Sí, entré, pero solo por un momento.

Mientras Luis profundiza en su investigación, todos niegan cualquier relación con la desaparición del USB. Luis se siente frustrado, pero justo cuando está a punto de dar por terminado el día, encuentra un informe caído detrás de un archivador. El informe, relacionado con el USB, contiene nombres y fechas que no había visto antes.

—Esto podría cambiar todo —murmura Luis, mientras sus ojos recorren rápidamente las palabras del informe. Con esta nueva pista en sus manos, sabe que está un paso más cerca de resolver el misterio.

- Archivador - File cabinet
- Cafetería - Coffee shop
- Confrontar - Confront
- Decidido - Determined
- Desconocida - Unknown
- Discrepancias - Discrepancies
- Discretamente - Discreetly
- Entrevistar - Interview
- Frustrado - Frustrated
- Inconsistencias - Inconsistencies
- Informe - Report
- Mezclan - Mix
- Pálido - Pale
- Prudente - Prudent
- Recorren - Scan
- Registros - Records
- Testimonios - Testimonies

El Informe Perdido

Luis, con el informe encontrado entre sus manos, siente que la solución al misterio está cerca. El informe detalla un proyecto secreto y menciona los nombres de varios empleados, incluido Carlos.

—Esto es más grande de lo que pensaba —murmura para sí mismo. Decide llevar su investigación más allá de las paredes de la empresa.

Luis comienza a indagar en la vida personal de los empleados mencionados en el informe. Observa, escucha y toma notas, buscando cualquier conexión que pueda haber pasado por alto.

Un día, mientras sigue a uno de los empleados, descubre una reunión clandestina entre este y una figura prominente de una empresa competidora.

—Esto es exactamente lo que necesitaba encontrar —piensa Luis, asegurándose de documentar todo lo que ve.

Después de confirmar el vínculo entre el empleado y la competencia, Luis planea cómo presentar esta información sin alertar a nadie más que pudiera estar implicado.

En su oficina, Luis repasa las pruebas una y otra vez.

—Debo hacerlo de la manera correcta —se dice, consciente de la delicadeza de la situación.

Se debate entre seguir métodos no convencionales para obtener más información o mantenerse dentro de los límites legales. Finalmente, decide que lo mejor es actuar con rectitud y respetar la ley.

Con las pruebas en mano, confronta al empleado.

—¿Puedes explicarme esto? —pregunta Luis, mostrándole las fotos de la reunión con el competidor.

El empleado, sorprendido y acorralado, finalmente admite conocer más sobre el USB.

—Lo tomé, pero fue un error, te lo juro. Lo confundí con el mío.

Luis escucha, pero algo dentro de él le dice que la historia aún no está completa.

—Hay algo más aquí, y voy a descubrirlo —piensa mientras el empleado sigue hablando. La confesión ha abierto nuevas puertas en la investigación, y Luis está determinado a llegar al fondo del asunto.

- Acorralado - Cornered
- Clandestina - Clandestine
- Competidora - Competitor
- Conexión - Connection
- Confronta - Confronts
- Delicadeza - Delicacy
- Descubrir - Discover
- Documentar - Document
- Escucha - Listens
- Indagar - Inquire
- Legales - Legal
- Métodos - Methods
- Prominente - Prominent
- Pruebas - Evidence
- Rectitud - Righteousness
- Repasa - Reviews
- Vínculo - Link

La Confesión

Luis mira al empleado con firmeza.

—Necesito que me cuentes exactamente cómo pasó todo.

El empleado, visiblemente nervioso, toma una respiración profunda.

—Fue un día muy ajetreado... Yo tenía mi propio USB, muy parecido al de la empresa. Por error, los intercambié.

Luis frunce el ceño.

—¿Dónde está ahora el USB de la empresa?

—En mi mochila... creo —responde el empleado, bajando la mirada.

Rápidamente, buscan en la mochila del empleado y, para alivio de ambos, encuentran el USB perdido.

—Explícame cómo ocurrió esto —insiste Luis, aún incrédulo.

—Fue sin querer, te lo aseguro. Estaba en la sala de reuniones, saqué mi USB para trabajar y, cuando terminé, debí coger el otro por error.

Luis toma el USB y lo examina en su computadora. Al verificar el contenido, confirma que es, sin duda, el USB que contenía la información secreta.

—Esto es un gran alivio —dice Luis—, pero tenemos que evitar que algo así vuelva a ocurrir.

Luis y el empleado se reúnen con el señor García para explicar el incidente. Luis presenta un informe detallado, incluyendo cómo se resolvió la situación.

—Es importante considerar las consecuencias de este error —comenta el señor García, dirigiéndose al empleado.

Sin embargo, tras una larga discusión, deciden no tomar medidas severas debido a la naturaleza accidental del incidente.

—Debemos mejorar nuestras medidas de seguridad —sugiere Luis—. Podríamos tener códigos de colores o etiquetas para diferenciar los USB importantes.

El señor García asiente.

—Es una excelente sugerencia, Luis. Implementaremos cambios para mejorar la seguridad.

Al final, la empresa agradece a Luis por su dedicación y compromiso con la seguridad.

—Gracias, Luis. Sin tu ayuda, podríamos haber enfrentado una crisis mayor —dice el señor García con gratitud.

Luis, satisfecho con el resultado, reflexiona sobre la importancia de la atención al detalle y la prevención en el ambiente laboral. Con el caso resuelto, se prepara para su próximo desafío, sabiendo que la empresa ahora está un poco más segura gracias a su trabajo.

- Ajetreado - Busy
- Alivio - Relief
- Asiente - Nods
- Códigos - Codes
- Colores - Colors
- Compromiso - Commitment
- Consecuencias - Consequences
- Crisis - Crisis
- Detallado - Detailed
- Etiquetas - Labels
- Firmeza - Firmness
- Incrédulo - Incredulous
- Implementaremos - We will implement
- Interrogantes - Question marks
- Medidas - Measures
- Preventivas - Preventive
- Respiración - Breath

Dudas Persistentes

A pesar de haber encontrado el USB, algo no deja dormir a Luis. Piensa en la noche, mirando el techo de su habitación. *"¿Y si hay algo más?"*, se pregunta.

Al día siguiente, Luis decide profundizar más en el incidente. Regresa a la empresa y pide hablar nuevamente con el empleado y sus colegas.

—Carlos, necesito entender cómo fue exactamente el intercambio accidental del USB —dice Luis con un tono serio pero amable.

—Lo juro, Luis, fue un accidente. Tenía el mío y el de la empresa en la mesa, y sin querer tomé el equivocado —responde Carlos, pero sus ojos evitan encontrarse con los de Luis.

Mientras habla con los demás, Luis observa comportamientos que no cuadran: nerviosismo, evasivas, miradas que se cruzan. Algo está sucediendo.

Decidido a llegar al fondo del asunto, Luis empieza a seguir a Carlos fuera del trabajo. Ve que se encuentra con un hombre desconocido en un parque.

Desde una distancia segura, Luis graba su conversación.

—Tienes que mantener la boca cerrada —dice el desconocido a Carlos.

—¡Pero me siento atrapado! —responde Carlos, visiblemente agitado.

Con esta nueva evidencia, Luis confronta a Carlos.

—¿Quién es ese hombre con el que te encontraste? ¿Qué está pasando realmente aquí?

Carlos se quiebra.

—Está bien, está bien. Me presionaron. Un competidor de la empresa... Me ofrecieron dinero a cambio de información.

Luis asiente, entendiendo la gravedad de la situación.

—Necesitamos proteger a tu familia y a ti. Y vamos a detener a esa persona que te presionó.

Juntos, con el apoyo de la empresa y la policía, preparan una trampa para el competidor. La operación es un éxito, y el hombre es detenido sin incidentes.

—Gracias, Luis. No sé qué habría hecho sin tu ayuda —dice Carlos, aliviado.

Luis sonríe, sabiendo que ha hecho lo correcto.

—Es mi trabajo. Pero recuerda, siempre es mejor enfrentar los problemas directamente.

Con el competidor tras las rejas y la seguridad de la empresa fortalecida, Luis siente que finalmente ha resuelto el caso por completo. La empresa agradece su diligencia y compromiso con la justicia.

- Atrapado - Trapped
- Colegas - Colleagues
- Competidor - Competitor
- Comportamientos - Behaviors
- Detenido - Arrested
- Evasivas - Evasive
- Fortalecida - Strengthened
- Graba - Records
- Incidente - Incident
- Interrogatorio - Interrogation
- Miradas - Glances
- Operación - Operation
- Presionaron - Pressured
- Proteger - Protect
- Quiebra - Breaks down
- Seguridad - Security
- Trampa - Trap

Reflexiones y Lecciones

En una tranquila mañana, Luis y el señor García se sientan en la oficina, con tazas de café en mano, para hablar sobre el caso.

—Realmente, Luis, tu trabajo ha sido excepcional —comienza el señor García, mirándolo con aprecio—. Pero este incidente nos ha abierto los ojos a muchos aspectos que debemos mejorar.

Luis asiente.

—La seguridad interna es crucial. Es importante que todos los empleados entiendan su valor y participen activamente en mantenerla.

—Exacto —responde el señor García—. Debemos construir un ambiente de confianza pero también de responsabilidad.

Luis sugiere:

—Implementar más cámaras y controles de acceso podría ser un buen comienzo. Y quizás, realizar auditorías de seguridad regulares.

El señor García toma nota.

—Y sobre la transparencia y honestidad...

—Es fundamental —interrumpe Luis—. Los empleados deben sentirse cómodos reportando cualquier actividad sospechosa, sabiendo que están contribuyendo a la seguridad de todos.

El señor García asiente.

—Y hablando de contribuir, vamos a organizar sesiones de capacitación en seguridad de la información. Necesitamos que todos estén en la misma página.

La conversación se desplaza hacia la gratitud.

—Luis, no puedo expresar cuánto te agradecemos. Salvaste a nuestra empresa de una crisis potencialmente devastadora.

Luis sonríe modestamente.

—Es mi trabajo, señor García. Pero agradezco su confianza y apoyo.

Después de la reunión, Luis reflexiona en su oficina. A pesar de los desafíos, siente una gran satisfacción. Ha hecho más que resolver un caso; ha contribuido a un cambio positivo.

Con el paso de las semanas, los cambios se implementan. La empresa se transforma, fortaleciendo su equipo de seguridad y mejorando la comunicación interna.

Todos los empleados participan en las capacitaciones, aprendiendo no solo a proteger la información de la empresa, sino también la importancia de la ética y la responsabilidad personal.

El compromiso de la empresa con la mejora continua y la prevención de incidentes marca un nuevo capítulo en su historia, uno donde la seguridad y la confianza son pilares fundamentales.

Mientras tanto, Luis sigue adelante, sabiendo que su trabajo ha hecho una diferencia significativa, no solo en resolver el caso, sino en ayudar a construir un ambiente más seguro y transparente.

- Ambiente - Environment
- Apreciar - Appreciate
- Auditorías - Audits
- Capacitaciones - Trainings
- Confianza - Trust
- Contribuir - Contribute
- Crucial - Crucial
- Desafíos - Challenges
- Ética - Ethics
- Fortalecer - Strengthen
- Implementar - Implement
- Mejorar - Improve
- Modestamente - Modestly
- Prevención - Prevention
- Responsabilidad - Responsibility
- Satisfacción - Satisfaction
- Transparencia - Transparency

El Final del Caso

En una sala llena de luz, con el equipo de "Innovaciones Delta" reunido, Luis comienza a hablar.

—Quiero asegurarme de que todos entendamos lo que pasó y cómo podemos evitar que algo así suceda de nuevo —comienza, proyectando calma y seguridad.

Mientras tanto, en una pequeña ceremonia, el USB perdido es devuelto oficialmente a la caja fuerte de la empresa.

—Gracias, Luis, por recuperarlo —dice el señor García, extendiendo la mano hacia el detective.

—Es un placer ayudar, pero recuerden, la seguridad depende de todos nosotros —responde Luis, mirando alrededor a todos los empleados reunidos.

La implementación de las nuevas medidas de seguridad comienza: cámaras adicionales, sistemas de acceso mejorados y programas de capacitación son solo el comienzo.

Durante un pequeño acto de agradecimiento, Luis es aplaudido por su trabajo.

—Sin ti, podríamos haber enfrentado una crisis mucho mayor —dice el señor García, entregándole un reconocimiento.

Luis, aunque se siente halagado, sabe que el verdadero éxito es el aprendizaje y la mejora continua.

—La seguridad y la confianza son fundamentales. Sin ellas, incluso la empresa más exitosa puede enfrentarse a riesgos inimaginables —reflexiona en voz alta.

Al final del día, Luis entrega un informe detallado de todo el proceso y las conclusiones de la investigación.

—Esto ayudará a prevenir futuros incidentes —asegura.

Despidiéndose del equipo, Luis siente una mezcla de satisfacción y melancolía.

—Hicieron un excelente trabajo al unirse en tiempos difíciles. Sigan así —les anima.

La empresa, tras esta experiencia, entiende la importancia crítica de mantener y verificar continuamente la seguridad de sus datos. La confianza dentro del equipo se fortalece, y todos se comprometen a ser más vigilantes.

La reputación de Luis como detective privado se dispara. Su enfoque meticuloso y su dedicación al detalle le han ganado el respeto no solo de "Innovaciones Delta", sino también de la comunidad empresarial en general.

En la soledad de su oficina, Luis reflexiona sobre el caso, pensando en lo que podría haber hecho de manera diferente, pero también en lo mucho que ha aprendido.

Mirando hacia el futuro, se prepara para nuevos casos, equipado ahora con más experiencia y sabiduría. Pero antes, decide tomarse unos merecidos días de descanso, tiempo para recargar energías y disfrutar de la vida más allá del trabajo.

Con las lecciones aprendidas y un nuevo sentido de propósito, Luis mira hacia el horizonte, listo para los desafíos que esperan.

—Lo mejor está por venir —piensa, con una sonrisa, mientras cierra la puerta de su oficina y se dirige a nuevos comienzos.

- Agradecimiento - Appreciation
- Aplaudido - Applauded
- Ceremonia - Ceremony
- Comprometen - Commit
- Conclusión - Conclusion
- Crítica - Critical
- Descanso - Rest
- Dispararse - Skyrocket
- Entrega - Delivers
- Halagado - Flattered
- Melancolía - Melancholy
- Meticuloso - Meticulous
- Propósito - Purpose
- Reconocimiento - Recognition
- Sabiduría - Wisdom
- Vigilantes - Vigilant
- Voz alta - Aloud

Sombras de Conspiración

El descubrimiento

Era una noche inusualmente tranquila en la comisaría cuando el sonido del teléfono irrumpió en la calma. El agente Sánchez, sorprendido, se estiró para contestar.

—Comisaría de San Martín, agente Sánchez al habla —dijo con voz firme.

Al otro lado, una voz ansiosa susurró:

—Necesitan ir al viejo almacén en el Camino de la Alameda. Hay cosas... cosas que no deberían estar allí.

Antes de que Sánchez pudiera responder, la llamada se cortó. Miró a su compañera, la agente López, que arqueó una ceja en respuesta.

—¿Otra broma? —preguntó López, pero notó la seriedad en la mirada de Sánchez.

—No estoy seguro, pero debemos averiguarlo —dijo Sánchez, levantándose de su silla.

En el almacén, la puerta chirriaba con cada movimiento mientras entraban, las linternas perforaban la oscuridad. Las sombras largas y distorsionadas bailaban en las paredes al ritmo de sus pasos cautelosos.

—Es demasiado silencioso aquí —murmuró López, observando las cajas apiladas hasta el techo.

De repente, Sánchez se detuvo y señaló hacia un conjunto de cajas.

—Mira, ¿qué es eso? —Su luz reveló símbolos extraños, casi como advertencias, pintados en las cajas.

López se acercó, frunciendo el ceño.

—No me gusta esto, Sánchez. Esto parece serio.

Al abrir una caja, encontraron filas de armas y municiones. Sánchez exhaló profundamente.

—Esto... esto es grande.

—Sí, demasiado grande para nosotros solos —dijo López, sacando su teléfono para llamar refuerzos—. Necesitamos respuestas y las necesitamos ahora.

Juntos, decidieron que este descubrimiento requería una acción inmediata y cuidadosa. La noche que comenzó con calma se había transformado en una carrera contra el reloj para desentrañar un misterio peligroso.

- Alameda - Poplar grove
- Averiguar - Find out
- Cajas - Boxes
- Chirriaba - Squeaked
- Comisaría - Police station
- Cuidadosa - Careful
- Desentrañar - Unravel
- Distorsionadas - Distorted
- Inusualmente - Unusually
- Municiones - Ammunition
- Peligroso - Dangerous
- Perforaban - Pierced
- Refuerzos - Reinforcements
- Seriedad - Seriousness
- Símbolos - Symbols
- Tranquila - Quiet
- Transformado - Transformed

La sombra tras la luz

Después del descubrimiento en el almacén, la investigación llevó a Sánchez y López a un barrio conocido por su diversidad cultural. Observaban desde su coche, aparcado a una distancia segura, una casa que parecía normal pero estaba marcada por sus informantes como punto de interés.

—¿Crees que de ahí salió el vehículo que seguimos? —preguntó López, hojeando las fotos de la vigilancia.

—Parece —respondió Sánchez, manteniendo los ojos fijos en la entrada de la casa.

Después de días de vigilancia, con el barrio lleno de idas y venidas, decidieron que necesitaban acercarse más.

—Voy a hablar con el capitán. Necesitamos a alguien dentro —dijo Sánchez, marcando un número en su teléfono.

Al día siguiente, el agente Rivera se unió a ellos, disfrazado de comerciante. Su misión era sencilla: infiltrarse y escuchar.

—Buena suerte, Rivera. Mantente seguro —le deseó López mientras él se alejaba con una caja de frutas para vender.

Rivera, con su nueva identidad, comenzó a mezclarse entre los residentes. En el mercado, escuchó rumores de un líder misterioso que quería cambiar todo.

—Esos tipos nuevos en la ciudad están planeando algo grande —murmuró un cliente, mirando a su alrededor antes de comprar manzanas.

Rivera sonrió, agradeció y siguió escuchando.

Con el tiempo, se hizo amigo de uno de los sospechosos, un hombre llamado Marco.

—Necesitamos un cambio, ¿no crees? —decía Marco, sin saber que hablaba con un policía.

—Claro, el cambio siempre es bueno —respondía Rivera, manteniendo la conversación ligera pero informativa.

Una noche, mientras cerraba su puesto, Rivera recibió un mensaje de Marco: "Ven, te mostraré algo importante." Siguiéndolo discretamente, Rivera descubrió el plan de un gran movimiento.

Inmediatamente, envió un mensaje codificado a Sánchez: "Algo grande se prepara. Manténganse alerta."

Mientras tanto, la presencia de la policía en el barrio no pasaba desapercibida.

—¿Por qué hay tantos policías últimamente? —preguntaban los vecinos, cada vez más tensos.

Un día, cuando un grupo de jóvenes fue detenido para un control, la situación se calentó.

—¡No hemos hecho nada! —gritaban, mientras la gente se agrupaba alrededor.

Rivera, que estaba cerca, tuvo que intervenir para calmar las cosas, arriesgando su identidad encubierta.

—Tranquilos, amigos. Solo es un malentendido —decía, tratando de dispersar la multitud.

Gracias a él, la situación no pasó a mayores, pero el incidente hizo que la organización comenzara a sospechar que había un traidor.

Una tarde, mientras Rivera recogía información, escuchó a Marco hablando por teléfono.

—Alguien nos está traicionando —decía, con el ceño fruncido.

Rivera sintió un escalofrío. Sabía que su cubierta estaba en peligro. Pero antes de que pudiera retirarse, sintió una mano en su hombro.

—Amigo, necesitamos hablar —dijo Marco, mirándolo fijamente.

Ahí, solo en la calle con Marco, Rivera se dio cuenta de que estaba en la situación más peligrosa de su vida.

- Aparcado - Parked
- Barrio - Neighborhood
- Codificado - Encoded
- Comerciante - Merchant
- Cubierta - Cover (as in undercover)
- Disfrazado - Disguised

- Escalofrío - Shiver
- Fruncido - Furrowed
- Infiltrarse - Infiltrate
- Malentendido - Misunderstanding
- Manzanas - Apples
- Movimiento - Movement
- Recogía - Was collecting (information)
- Rumores - Rumors
- Siguiendo - Following
- Sospechar - Suspect
- Traidor - Traitor

Laberinto de mentiras

El agente Rivera se encontraba en un callejón oscuro, el corazón palpitante, con Marco mirándolo intensamente.

—Marco, yo... solo estaba tomando aire —balbuceó Rivera, buscando una excusa creíble.

—No sé, amigo. Algo no me cuadra de ti —dijo Marco, pero en ese momento, su teléfono sonó y se distrajo—. Tenemos que movernos —dijo luego, y se fue.

Aprovechando la oportunidad, Rivera se escabulló rápidamente y regresó a informar a Sánchez y López.

—La próxima entrega será en el puerto, mañana a medianoche —les explicó con detalle.

—Esto es lo que estábamos esperando —dijo Sánchez, y juntos planearon cuidadosamente una emboscada.

La operación esa noche estaba cargada de tensión. Todos estaban en sus posiciones, los ojos fijos en el punto de encuentro.

—Todo tranquilo por ahora —susurró López a través del walkie-talkie.

Pero justo cuando el reloj marcaba la medianoche, Rivera, quien seguía dentro, envió un mensaje urgente: "Han cambiado la ubicación. Se dirigen al viejo muelle."

Sin perder tiempo, Sánchez ordenó a todos moverse al nuevo lugar. Llegaron justo a tiempo para ver un vehículo alejándose.

—¡Vamos tras ellos! —ordenó Sánchez. Tras una rápida persecución, lograron detener el vehículo. Sin embargo, una inspección reveló que las armas no estaban.

Capturaron a varios hombres, pero se negaron a hablar.

—No sacarás nada de nosotros —dijo uno con desdén.

Mientras tanto, Rivera seguía intentando profundizar en la organización. Descubrió que era como un laberinto de mentiras, con más niveles y secretos de lo que imaginaban.

En medio de todo, una llamada anónima llegó a la estación.

—Si quieren encontrar las verdaderas respuestas, busquen en las montañas de Sierra Morena —dijo una voz antes de colgar.

Sánchez, López y el equipo se miraron unos a otros. A pesar de los contratiempos, ahora tenían una nueva pista.

—Preparémonos para ir a las montañas —dijo Sánchez—. Pero esta vez, vamos con todo lo que tenemos.

El equipo asintió, sabiendo que se adentraban en una parte desconocida y posiblemente peligrosa de su investigación. Pero estaban determinados a seguir adelante, sin importar lo difícil que pudiera ser el camino.

- Alejándose - Moving away
- Anónima - Anonymous
- Balbuceó - Stammered
- Contratiempos - Setbacks
- Cuidadosamente - Carefully
- Desdén - Scorn
- Emboscada - Ambush
- Escabulló - Slipped away
- Inspección - Inspection
- Laberinto - Labyrinth

- Medianoche - Midnight
- Muelle - Dock
- Palpitante - Throbbing
- Persecución - Chase
- Puerto - Port
- Ubicación - Location

Montañas de misterio

Al amanecer, el equipo de policía, liderado por Sánchez y López, se preparó para la difícil misión en las montañas de Sierra Morena. El aire era frío y la niebla cubría el camino como un manto.

—El terreno será complicado, manténganse alerta —advirtió Sánchez, ajustándose la mochila.

—Mira el clima, podría cambiar en cualquier momento —comentó López, mirando hacia el cielo nublado.

Después de horas de caminata, finalmente encontraron el escondite indicado por la llamada anónima. Sin embargo, el lugar parecía abandonado, con rastros de haber sido dejado apresuradamente.

—Busquen cualquier cosa que nos pueda dar más pistas —ordenó Sánchez.

Revuelven el lugar y, debajo de un colchón viejo, López descubre un mapa.

—¡Sánchez! Mira esto, hay varias ubicaciones marcadas.

Examinando el mapa, notaron también un conjunto de mensajes en código.

—Necesitaremos ayuda para descifrar esto —dijo López, frunciendo el ceño.

De vuelta en la comisaría, un experto en criptografía, el agente García, se unió al equipo.

—Déjenme ver lo que podemos hacer con estos mensajes —dijo, comenzando a trabajar en el descifrado.

Mientras tanto, Rivera, aún infiltrado, se enteró de una reunión secreta entre los líderes de la organización.

—Tengo que seguirlos, podría ser nuestra única oportunidad —pensó, siguiéndolos discretamente a distancia.

Esa noche, oculto entre las sombras, escuchó hablar de un plan para atacar un lugar público muy concurrido.

—Quieren establecer un nuevo orden, un califato aquí en España —murmuró para sí mismo, grabando todo con un dispositivo oculto.

Inmediatamente después de la reunión, Rivera contactó a Sánchez.

—Tengo información crítica. Habrá un ataque, necesitamos actuar rápido.

Gracias al trabajo del agente García, los mensajes fueron finalmente descifrados, revelando detalles y la fecha del ataque planeado.

—Tenemos que aumentar la seguridad y alertar a todas las unidades. Este es nuestro momento para prevenir una tragedia —declaró Sánchez, organizando rápidamente un plan de acción.

Con las ubicaciones en el mapa y la información de Rivera, la policía comenzó a coordinar un operativo para proteger a la ciudad y detener a los responsables antes de que pudieran llevar a cabo su plan. La tensión era palpable, pero estaban listos para enfrentar el desafío.

- Amanecer - Dawn
- Califato - Caliphate
- Camino - Path
- Cifrar - Encrypt
- Colchón - Mattress
- Coordinar - Coordinate

- Criptografía - Cryptography
- Escondite - Hideout
- Frunciendo - Furrowing
- Infiltrado - Infiltrated
- Manto - Mantle
- Niebla - Fog
- Operativo - Operation
- Pistas - Clues
- Rastros - Traces
- Revuelven - They rummage
- Tensión - Tension

Carrera contra el tiempo

En la sala de operaciones, el reloj marcaba la medianoche mientras el equipo de Sánchez planificaba cada movimiento. El agente Rivera, aún bajo cobertura, había enviado un mensaje cifrado con detalles del ataque previsto.

Sánchez miró a su equipo, determinado.

—Tenemos que actuar rápido y asegurarnos de que nadie salga lastimado —instruyó, mientras distribuía las tareas.

En las calles, la presencia policial era evidente: barricadas, patrullas y oficiales en cada esquina. López coordinaba los controles de seguridad, verificando cada vehículo y peatón que pasaba.

—¿Todo bien, agente López? —preguntó un ciudadano nervioso, mirando a su alrededor.

—Sí, estamos aquí para su seguridad. Solo siga las indicaciones —respondió ella con una sonilla tranquilizadora.

Mientras tanto, Rivera, en su papel de comerciante, continuaba recopilando información. En un descuido, escuchó a dos sospechosos hablar apresuradamente sobre cambiar el lugar del ataque.

Inmediatamente, se escabulló y envió un nuevo mensaje a Sánchez: "Cambian de lugar. Estén alerta."

Gracias a la información de Rivera, Sánchez ordenó redadas en varios puntos. Durante una de ellas, descubrieron un almacén lleno de armas y planos detallados de varios lugares importantes de la ciudad.

—¡Buen trabajo, equipo! Pero no podemos bajar la guarda —dijo Sánchez, mientras observaban cómo desactivaban una bomba encontrada en el lugar.

La comunidad, aunque asustada, comenzó a colaborar más, reportando actividades sospechosas y apoyando a las autoridades. Un gran concierto programado fue cancelado para evitar riesgos, decisión que, aunque decepcionante para muchos, fue comprendida y respetada.

El líder de la organización, sintiendo la presión, intentó cambiar sus planes y huir. Rivera, siempre atento, captó fragmentos de conversaciones y se las arregló para informar a Sánchez.

—Se va del país —susurró en su mensaje.

Con esta última pieza de información, Sánchez y su equipo prepararon un operativo para capturar al líder antes de que pudiera escapar. La tensión era palpable mientras se dirigían hacia el aeropuerto, listos para el enfrentamiento final.

- Aeropuerto - Airport
- Bajar la guarda - Lower one's guard
- Barricadas - Barricades
- Cifrado - Encrypted
- Colaborar - Collaborate
- Concierto - Concert
- Decisión - Decision
- Descuido - Oversight
- Desactivaban - They were deactivating
- Evidente - Evident
- Operativo - Operation

- Patrullas - Patrols
- Peatón - Pedestrian
- Planos - Plans (as in blueprints)
- Presencia - Presence
- Redadas - Raids
- Sonilla - Smile (diminutive for a reassuring smile)

La caída de las sombras

En la frontera, la tensión era palpable. Sánchez, al frente de su equipo, observaba cada vehículo que pasaba. De repente, el coche sospechoso apareció en el horizonte.

—¡Ahí está! ¡Vamos! —gritó Sánchez, señalando hacia el vehículo que comenzaba a acelerar al ver la presencia policial.

Una persecución a alta velocidad se desató. López, al volante, seguía al líder con determinación, esquivando el tráfico y comunicándose constantemente con el resto del equipo.

Finalmente, después de un dramático enfrentamiento en un puente, el líder fue capturado. Sánchez se acercó, esposas en mano.

—Se acabó —dijo con firmeza al líder, mirándolo directamente a los ojos.

La noticia de la captura se difundió como un reguero de pólvora. En la comisaría, el equipo celebraba mientras observaban las noticias en televisión.

—Lo hemos logrado —dijo López, con un suspiro de alivio y satisfacción.

Mientras tanto, Rivera era recibido como un héroe. Al quitarse sus disfraces, sus compañeros lo aplaudían.

—No podríamos haberlo hecho sin ti —le dijo Sánchez, extendiéndole la mano.

Durante los interrogatorios, se revelaron detalles escalofriantes del plan de la organización y sus conexiones internacionales. Esta información llevó a más arrestos en otros países y la recuperación de numerosas armas.

El público, aliviado pero aún preocupado, empezó a exigir más seguridad y cambios políticos para prevenir futuras amenazas. La policía, por su parte, revisaba sus estrategias y reforzaba sus medidas.

En una ceremonia especial, Rivera recibió una condecoración.

—Este es un reconocimiento a tu valentía y dedicación —anunció el comisario, mientras le entregaba la medalla.

La comunidad comenzó a sanar, con vecinos y oficiales compartiendo historias y experiencias.

—Debemos trabajar juntos para mantener nuestra ciudad segura —decía López durante una reunión comunitaria.

La sociedad, impactada pero resiliente, empezó a reflexionar sobre los eventos, comprometiéndose a construir un futuro de unidad y paz. Sánchez miraba a su equipo, orgulloso. Juntos habían enfrentado la oscuridad y salido adelante, fortalecidos y más unidos que nunca.

- Acelerar - Accelerate
- Capturado - Captured
- Ceremonia - Ceremony
- Comisaría - Police station
- Condecoración - Decoration (as in a medal)
- Desgaste - Wear (as in wear and tear, symbolically for the chase and effort)
- Disfraces - Disguises
- Esposas - Handcuffs
- Estrategias - Strategies
- Frontera - Border
- Interrogatorios - Interrogations
- Pólvora - Gunpowder
- Puente - Bridge
- Reguero - Trail (as in "reguero de pólvora" - trail of gunpowder)
- Revelados - Revealed

- Sanar - Heal
- Unidad - Unity

Sombras de Madrid

Una visita inesperada

Una cálida tarde, Luis Martín estaba acomodando unos archivos cuando se escuchó un discreto toque en la puerta de su oficina. Al abrir, se encontró de frente con un hombre elegantemente vestido, que parecía fuera de lugar en el modesto entorno del detective.

—Buenas tardes, ¿usted debe ser el detective Martín, correcto? —preguntó el visitante, mirando a Luis con una mezcla de urgencia y reserva.

—Sí, ese soy yo. ¿Cómo puedo ayudarlo? —Luis le invitó a sentarse, curioso por la naturaleza de la visita de este distinguido señor.

El hombre se acomodó en la silla, tomando un momento antes de hablar.

—Verá, mi nombre es Eduardo. Soy, bueno, trabajo en el gobierno... —Su voz se desvanecía mientras buscaba las palabras correctas.

Luis, acostumbrado a tratar con todo tipo de personas, le ofreció una mirada tranquilizadora.

—Puede hablar con confianza, señor. ¿Qué le trae por aquí?

Eduardo suspiró profundamente.

—Es un asunto delicado. Involucra a mi exnovia, Carmen. Ella tiene... una foto comprometedora de mí. Necesito recuperarla antes de que dañe mi carrera.

Luis asintió, comprendiendo la gravedad de la situación.

—Entiendo. ¿Dónde vive Carmen? Necesitaremos saber más para planificar cómo proceder.

—Vive en un barrio bastante bohemio de la ciudad. Es artista, verá, y... —Eduardo parecía incómodo al revelar estos detalles.

—No se preocupe, Eduardo. Veremos qué podemos hacer. —Luis ya estaba trazando un plan en su mente. Se giró hacia Juan, su amigo y colaborador, que había estado escuchando desde la puerta.

—Juan, parece que tenemos un nuevo caso —dijo Luis con determinación.

Esa noche, ambos se dirigieron al barrio donde vivía Carmen. El área estaba llena de vida y color, con la energía del arte en cada esquina.

—Veamos qué podemos averiguar sin llamar la atención —murmuró Luis mientras observaban el apartamento de Carmen desde una distancia segura.

Pronto, la vieron salir con una amiga. Era su oportunidad. Se acercaron discretamente al edificio y, aprovechando un momento de distracción, Luis logró abrir la cerradura de la puerta trasera.

Una vez dentro, buscaron en el estudio de Carmen. Había cuadros, esbozos y fotografías por todas partes, pero no la que estaban buscando.

De repente, un ruido en el pasillo los alertó. Pasos se acercaban. Luis y Juan intercambiaron una mirada rápida y buscaron un lugar donde esconderse. El tiempo se detuvo mientras esperaban, ocultos en la sombra, preguntándose qué sorpresas traería la noche.

- Acomodando - Arranging
- Barrio - Neighborhood
- Bohemio - Bohemian
- Comprometedora - Compromising
- Cuadros - Paintings
- Distinguido - Distinguished
- Esbozos - Sketches
- Gravedad - Seriousness
- Involucra - Involves
- Mirada - Glance
- Ocultos - Hidden
- Pasillo - Hallway

- Proceder - Proceed
- Reserva - Reserve
- Sorpresas - Surprises
- Tranquilizadora - Reassuring
- Urgencia - Urgency

En la sombra

Luis y Juan estaban escondidos detrás de un gran armario en el apartamento de Carmen, apenas respirando para no hacer ruido. La puerta se abrió y Carmen y una amiga entraron, hablando animadamente.

—No puedo esperar para que todos vean mis nuevas obras en la exposición —decía Carmen con entusiasmo.

—Seguro que será un éxito —respondía su amiga, apoyándola.

Luis miró a Juan, indicándole que debían permanecer en silencio. Esperaron horas, inmóviles, hasta que los ronquidos les confirmaron que era seguro moverse. Con pasos ligeros, salieron del escondite y del apartamento.

Al día siguiente, Luis comenzó su investigación sobre la exposición. Supo que se celebraría en una de las galerías más conocidas de Madrid y que era el evento del año.

—Tenemos que estar allí —dijo Luis a Juan, elaborando un plan—. Y necesitaremos una distracción.

Juan asintió y llamó a un amigo suyo experto en efectos especiales.

—Necesitamos tu ayuda para un pequeño... proyecto —le explicó.

El plan era simple pero efectivo: provocarían un corte de luz temporal durante la exposición para buscar la foto sin ser detectados.

Mientras tanto, Luis seguía a Carmen, tratando de entender mejor su vida y sus conexiones. La vio encontrarse con un hombre que no reconocía. Después de su reunión, decidió seguir al hombre.

El desconocido lo llevó hasta una zona industrial, donde se encontró con otros sujetos. Luis, desde una distancia segura, sacó su teléfono y empezó a fotografiar a los hombres.

Regresando con Juan, Luis mostró las fotos.

—Esto se complica. Carmen está involucrada con gente que no parece muy amigable —dijo.

—Tenemos que ser cuidadosos —respondió Juan, mirando las imágenes—. Pero primero, centrémonos en la exposición. Necesitamos esa foto.

Ambos sabían que estaban a punto de enfrentarse a una situación peligrosa, pero estaban decididos a seguir adelante. La recuperación de la foto era solo el principio.

- Amigable - Friendly
- Cuidadosos - Careful
- Detectados - Detected
- Distancia - Distance
- Efectos especiales - Special effects
- Elaborando - Elaborating
- Escondite - Hiding place
- Exposición - Exhibition
- Galerías - Galleries
- Involucrada - Involved
- Ligeros - Light (as in steps)
- Proyecto - Project
- Recuperación - Recovery
- Ronquidos - Snores
- Sujetos - Individuals
- Temporal - Temporary
- Zona industrial - Industrial area

La exposición

La tarde de la exposición había llegado, y Luis junto a Juan se preparaban para lo que podría ser la parte más arriesgada de su misión. Vestidos de manera elegante, se mezclaban sin esfuerzo entre los invitados en la galería de arte, observando cada detalle a su alrededor.

—Recuerda, mantén la calma y sigue el plan —susurró Luis a Juan, mientras veían a Carmen saludando a los invitados con su característica sonrisa encantadora.

De repente, las luces parpadearon y se apagaron, sumiendo la galería en la oscuridad por unos momentos.

—Ahora —susurró Juan, dándole una señal a Luis.

Aprovechando la confusión general, Luis se movió sigilosamente hacia la parte privada de la exposición, donde esperaba encontrar la foto. Mientras tanto, Juan vigilaba desde lejos, listo para actuar si era necesario.

Luis, con el corazón latiendo a mil, buscaba entre las obras de arte guardadas, moviéndose con rapidez pero sin hacer ruido. Entonces, detrás de un cuadro particularmente grande, encontró lo que parecía ser una caja fuerte oculta.

Intentó abrirla con las herramientas que llevaba, pero de pronto escuchó pasos aproximándose. Rápidamente, se escondió detrás de una cortina justo cuando Carmen entraba en la habitación.

Ella parecía ansiosa, revisando la caja fuerte y mirando a su alrededor, como si sintiera que algo no estaba bien. Sin embargo, antes de que pudiera descubrir algo, alguien la llamó desde afuera. Carmen salió apresuradamente, dándole a Luis la oportunidad de salir de su escondite y continuar con su búsqueda.

Finalmente, sus dedos tocaron un sobre que parecía contener la foto comprometedora. Justo cuando lo agarró, la alarma de seguridad comenzó a sonar, desatando el pánico entre los invitados.

Con el sobre en mano, Luis se deslizó entre la multitud asustada y logró salir de la galería. Fuera, se encontró con Juan, quien lo estaba esperando ansiosamente.

—¿Lo conseguiste? —preguntó Juan, mirando a Luis con expectación.

—Sí, vámonos de aquí —respondió Luis, comenzando a correr junto a Juan lejos de la galería y del caos que habían dejado atrás.

Con la foto segura, sabían que estaban un paso más cerca de resolver el misterio, pero también conscientes de que el peligro aún no había terminado.

* Alarma - Alarm
* Ansiosamente - Anxiously
* Arriesgada - Risky
* Caja fuerte - Safe
* Calma - Calm
* Confusión - Confusion
* Cortina - Curtain
* Encantadora - Charming
* Escondite - Hiding place
* Expectación - Expectation
* Galería - Gallery
* Guardadas - Stored
* Invitados - Guests
* Latir - Beat (as in heart)
* Oscuridad - Darkness
* Parpadearon - Flickered
* Sigilosamente - Stealthily

Revelaciones

De vuelta en su oficina, Luis sostenía la foto recuperada, examinándola bajo la luz. Juan, de pie junto a él, esperaba ansiosamente.

—¿Qué encontraste? —preguntó Juan, intentando ver por encima del hombro de Luis.

Luis volteó la foto, revelando una anotación en el reverso.

—Mira esto, Juan. Parece que hay más de lo que Eduardo nos contó —dijo, señalando la nota.

Decididos a obtener respuestas, se dirigieron al lugar de encuentro con Eduardo. Luis no perdió tiempo en confrontarlo.

—Eduardo, necesitamos hablar sobre la foto y esto —dijo Luis, mostrándole la anotación.

Eduardo palideció al verla.

—Es complicado... Carmen sabe cosas que pueden afectar a muchos, no solo a mí —confesó, evitando el contacto visual.

Juan frunció el ceño.

—Necesitamos saber todo, Eduardo. Esto va más allá de una simple foto comprometedora.

Mientras tanto, siguiendo las órdenes de Luis, Juan había estado vigilando a Carmen. Descubrió que asistía a reuniones en lugares ocultos y con personas de alto perfil.

—Está metida en algo grande, Luis. He visto a gente importante —reportó Juan más tarde, mostrando fotos de las reuniones.

Convencidos de que necesitaban más pruebas, planearon infiltrarse en una próxima reunión que Juan había descubierto. Disfrazados, lograron acceder al lugar y grabar una conversación clave entre Carmen y un político conocido.

La grabación revelaba un plan para influir en las próximas elecciones. Shockeados pero decididos, Luis y Juan entendieron la magnitud del caso.

—Tenemos que llevar esto a las autoridades, pero con cuidado. No sabemos hasta dónde llegan sus influencias —dijo Luis, pesando sus opciones.

Optaron por enviar la evidencia de forma anónima. Días después, los medios estallaron con la noticia de un escándalo político, citando fuentes anónimas.

Observando las noticias en la oficina, Luis y Juan se dieron cuenta de que habían iniciado algo que cambiaría el panorama político de la ciudad. Pero sabían que esto solo era el comienzo y que debían estar preparados para las consecuencias.

- Afectar - Affect
- Anónimas - Anonymous
- Autoridades - Authorities
- Complicado - Complicated
- Confrontarlo - Confront him
- Consecuencias - Consequences
- Disfrazados - Disguised
- Evidencia - Evidence
- Frunció - Furrowed
- Infiltrarse - Infiltrate
- Magnitud - Magnitude
- Ocultos - Hidden
- Palideció - Turned pale
- Perfil - Profile
- Pruebas - Proofs
- Reuniones - Meetings
- Vigilando - Watching

La trampa

Una mañana, el teléfono de Luis sonó con insistencia. Al otro lado, una voz anónima le citaba para un encuentro con Carmen. Luis colgó el teléfono, su instinto le decía que algo no iba bien.

—Juan, parece que Carmen quiere encontrarse. Pero siento que es una trampa —dijo Luis, mirando su teléfono con preocupación.

—Voy contigo, Luis. Pero mantendré distancia, por si acaso —respondió Juan, preparándose para lo peor.

Llegaron a la plaza acordada, un lugar público pero lleno de rincones para emboscadas. Carmen esperaba, con una expresión que mezclaba la ira y la desesperación.

—Carmen, ¿qué quieres de mí? —preguntó Luis, manteniendo una distancia segura.

—Quiero la foto, Luis. Y quiero que dejes de meterte en mis asuntos —exigió ella, su voz temblaba ligeramente.

Antes de que Luis pudiera responder, varios hombres armados surgieron de la multitud. Luis apenas tuvo tiempo de reaccionar.

—¡Corre! —gritó a Juan, y juntos empezaron una frenética carrera por las calles de Madrid, esquivando a sus perseguidores.

Después de varios giros y callejones, lograron despistar a los hombres y se refugiaron en un café antiguo, revisando que no los siguieran.

—Aquí no estamos seguros. Carmen no se detendrá —dijo Luis, recuperando el aliento—. Es hora de acabar con esto.

—Estoy de acuerdo. Vamos a reunir todas las pruebas que tenemos y enviárselas a la prensa —propuso Juan, decidido.

Mientras tanto, Carmen estaba desesperada, buscando cualquier pista para dar con ellos. Luis y Juan, conscientes del peligro, cambiaban de escondite constantemente, trabajando en las sombras para evitar ser detectados.

Con el escándalo político creciendo, la presión en la ciudad se intensificaba. Luis y Juan sabían que estaban en una carrera contra el tiempo, pero estaban decididos a revelar la verdad, sin importar el costo.

- Acordada - Agreed
- Antiguo - Old
- Callejones - Alleys
- Desesperación - Desperation
- Despistar - Shake off
- Detectados - Detected

- Emboscar - Ambush
- Escondite - Hideout
- Exigir - Demand
- Frenética - Frantic
- Instinto - Instinct
- Ira - Anger
- Perseguidores - Pursuers
- Plaza - Square
- Preocupación - Worry
- Refugiaron - Took refuge
- Temblaba - Trembled

El enfrentamiento

La tensión era palpable en el aire mientras Luis y Juan revisaban sus últimas preparaciones. Sabían que el enfrentamiento era inminente.

—Estamos listos para lo que venga —dijo Luis, mirando a Juan con determinación.

No pasó mucho tiempo antes de que Carmen, traicionada por un informante, descubriera su ubicación. Apareció en la puerta con hombres armados, su rostro una máscara de furia.

—Luis, dame las pruebas ahora y quizás te deje en paz —exigió Carmen, mientras sus hombres apuntaban hacia ellos.

Luis, manteniendo la calma, respondió:

—Carmen, lo que has hecho no tiene justificación. No te daré nada.

La tensión aumentó hasta que, de repente, las sirenas de la policía resonaron cerca. Alguien había avisado a las autoridades.

En el caos que siguió, Carmen intentó arrebatar los documentos de las manos de Luis, pero Juan intervino rápidamente, logrando recuperarlos.

La policía irrumpió, arrestando a Carmen y sus secuaces en el acto. Tanto Luis como Juan fueron llevados para ser interrogados, pero tras aclarar su parte, fueron liberados.

La noticia del arresto de Carmen y la revelación de sus crímenes se extendió rápidamente, provocando una oleada de shock y demandas de reforma por todo el país.

A pesar de ser aclamados como héroes, Luis y Juan decidieron mantenerse al margen de los reflectores.

—Nuestro trabajo es descubrir la verdad, no buscar fama —reflexionó Luis.

—Exacto —concordó Juan—. Pero seguimos adelante, hay más injusticias que desenmascarar.

Mientras la ciudad empezaba a recuperarse del escándalo, ambos sabían que su lucha contra la corrupción estaba lejos de terminar. Sin embargo, había una nueva sensación de esperanza en el aire, una promesa de un futuro más transparente y justo para todos.

- Aclarar - Clarify
- Arrestando - Arresting
- Autoridades - Authorities
- Caos - Chaos
- Corrupción - Corruption
- Crímenes - Crimes
- Descubrir - Discover
- Determinación - Determination
- Fama - Fame
- Furia - Fury
- Injusticias - Injustices
- Inminente - Imminent
- Interrogados - Interrogated
- Máscara - Mask
- Oleada - Wave
- Reflector - Spotlight

- Sirenas - Sirens

Un nuevo amanecer

Después del escándalo, la atmósfera en la ciudad había cambiado notablemente. Nuevas leyes y medidas para combatir la corrupción se habían puesto en marcha, mostrando un futuro más prometedor.

En la oficina, Luis y Juan revisaban los nuevos casos que habían llegado. Parecía que su valiente actuación había incrementado su reputación y la confianza en ellos.

—Es increíble ver cómo la comunidad nos respalda ahora —comentó Luis, hojeando los expedientes.

Los medios no se quedaban atrás, dedicando artículos completos a la valentía y determinación de los dos detectives en su lucha contra la corrupción.

Una tarde, Eduardo visitó a Luis, un hombre cambiado.

—Quiero agradecerte, Luis. Me has abierto los ojos sobre muchas cosas —dijo sinceramente.

Mientras tanto, Carmen enfrentaba la justicia por sus actos y fue condenada, un final adecuado para sus crímenes.

—La ciudad se siente diferente, ¿no crees, Juan? —preguntó Luis, mirando por la ventana a las calles más tranquilas y esperanzadoras.

—Sí, y creo que deberíamos documentar lo que hemos vivido. Podría ser una buena idea escribir un libro —sugirió Juan, lleno de un nuevo sentido de propósito.

La idea resonó con Luis.

—Es una forma de asegurarnos de que la gente no olvide y aprenda de lo que ha pasado.

Las relaciones entre la policía y los ciudadanos habían mejorado significativamente, iniciando una nueva era de cooperación y transparencia.

Mirando hacia el futuro, Luis y Juan sabían que habría más desafíos, pero ahora estaban aún más preparados para enfrentarlos, respaldados por una comunidad que había aprendido el valor de la unidad y la justicia.

En las calles de la ciudad, la gente comenzaba a mirar hacia adelante, armados con la esperanza de un nuevo amanecer, uno lleno de transparencia, justicia y renovada fe en aquellos comprometidos a proteger la verdad.

- Adecuado - Adequate
- Armados - Armed
- Artículos - Articles
- Ciudadanos - Citizens
- Comunidad - Community
- Condenada - Convicted
- Cooperación - Cooperation
- Expedientes - Files
- Fe - Faith
- Incrementado - Increased
- Justicia - Justice
- Medidas - Measures
- Propósito - Purpose
- Reputación - Reputation
- Respaldados - Supported
- Transparencia - Transparency
- Valentía - Bravery

El Misterio del Dragón de Algeciras

El Descubrimiento

La tranquilidad de la noche en Algeciras fue abruptamente interrumpida cuando el cuerpo de una joven fue descubierto en la playa. La arena, testigo mudo del trágico suceso, escondía más secretos de los que a primera vista parecía. La llegada de la policía rompió el silencio habitual del lugar y, con ellos, el Inspector García, conocido por su astucia y determinación, tomó el mando de la escena.

—¿Qué tenemos aquí? —preguntó García, su mirada escudriñando cada detalle alrededor.

—Una joven, parece que murió por una sobredosis —respondió uno de los agentes, señalando el cuerpo inerte que yacía a unos pasos del agua.

García se agachó junto a la víctima, su atención capturada por una botella extraña que yacía cerca de su mano.

—Esto no es local —murmuró, inspeccionando el objeto con curiosidad. —Estas marcas... vienen de Marruecos.

La noticia de la muerte llegó hasta los asistentes de una fiesta cercana, que se mezclaba con la música y las risas despreocupadas. García y su equipo se acercaron, determinados a encontrar respuestas.

—Buenas noches —comenzó García, interrumpiendo la música, su voz firme y segura. —Necesito que todos presten atención. Esto es importante.

Los festejantes lo miraron, algunos con curiosidad, otros con preocupación.

—¿Ha pasado algo, inspector? —preguntó uno de ellos, su voz apenas audible sobre el murmullo que comenzó a extenderse entre la multitud.

—Hemos encontrado a una joven fallecida en la playa —explicó García. —Necesito saber si alguno de ustedes la conocía o vio algo inusual esta noche.

La multitud intercambió miradas, el peso del anuncio cayendo sobre ellos como una losa. El silencio que siguió fue elocuente; el misterio que envolvía la noche se había profundizado, y para el Inspector García, cada momento que pasaba era una pista que se esfumaba en el viento de la costa.

—Si saben algo, cualquier detalle, por pequeño que sea, por favor, háblenme —continuó García, su mirada escaneando la multitud, esperando que alguien rompiera el silencio con una verdad oculta.

La noche apenas comenzaba y, con ella, una investigación que desentrañaría los oscuros secretos que la tranquila ciudad de Algeciras escondía.

- Abruptamente - Abruptly
- Agentes - Agents
- Anuncio - Announcement
- Astucia - Cunning
- Botella - Bottle
- Despreocupadas - Carefree
- Determinados - Determined
- Elocuente - Eloquent
- Escondía - Hid
- Festejantes - Partygoers
- Inerte - Inert
- Inspeccionando - Inspecting
- Investigación - Investigation
- Marruecos - Morocco
- Murmullo - Murmur
- Sobredosis - Overdose
- Testigo - Witness

La Investigación Comienza

La música seguía sonando en la fiesta, pero el ambiente había cambiado. La noticia del hallazgo en la playa había llegado a oídos de todos. El Inspector García, con su mirada seria y pensativa, se abría paso entre la multitud, acercándose a diferentes grupos de personas, decidido a descubrir algo sobre la misteriosa mujer.

—Disculpen, necesito hacerles una pregunta —comenzó, captando la atención de un pequeño grupo. —¿Alguno de ustedes conocía a la mujer encontrada en la playa?

Los rostros ante él intercambiaron miradas nerviosas.

—No, inspector, nunca la hemos visto —respondió uno tras otro, con una negativa que García ya esperaba, pero tenía que seguir intentándolo.

Justo cuando estaba a punto de dirigirse a otro grupo, un joven algo inquieto se le acercó.

—Inspector García, ¿puedo hablar con usted? —dijo, mirando hacia ambos lados como si temiera ser escuchado.

García lo apartó de la multitud, hacia un lugar más tranquilo.

—Dime, ¿qué has visto? —preguntó con interés.

El joven tragó saliva antes de responder.

—Anoche... vi a la mujer. No estaba sola. Estaba con un hombre grande, no de aquí; tenía un tatuaje...

—¿Un tatuaje? ¿De qué? —García se inclinó, captando cada palabra.

—Un dragón, señor, un gran dragón rojo en su brazo —el joven parecía seguro de lo que decía, su mirada fija en la del inspector.

García frunció el ceño, procesando la información.

—¿Sabes cómo se llama?

—No, lo siento. Nunca lo había visto antes —el joven bajó la mirada, apenado.

Agradeciendo al joven, García se adentró en la noche. El perfil del hombre empezaba a tomar forma en su mente: un hombre grande, con un distintivo tatuaje de dragón. Era poco, pero era un comienzo. Mientras caminaba por las calles de Algeciras, el miedo y el silencio de los habitantes le hablaban tanto como sus palabras. "No sé nada, señor", decían unos; "Tengo miedo, no puedo hablar", confesaban otros. La ciudad, normalmente vibrante y llena de vida, guardaba sus secretos bajo un manto de temor.

El peligro que acechaba en las sombras de Algeciras era palpable. La droga que se filtraba en sus calles no solo destruía vidas, sino que también tejía una red de silencio y miedo. García sabía que enfrentaba a un enemigo formidable, pero estaba determinado a encontrar al hombre del tatuaje de dragón, convencido de que era la clave para desentrañar el misterio que envolvía a la ciudad. La noche aún era joven, y la investigación apenas comenzaba.

- Acechaba - Lurked
- Adentró - Delved into
- Agradeciendo - Thanking
- Ambiente - Atmosphere
- Apenado - Apologetic
- Confesaban - Confessed
- Determinado - Determined
- Distintivo - Distinctive
- Droga - Drug
- Frunció - Furrowed
- Hallazgo - Discovery
- Inquieto - Restless
- Interés - Interest
- Manto - Cloak
- Negativa - Denial
- Procesando - Processing
- Tatuaje - Tattoo

La Persecución

La noche se había vuelto un laberinto de sombras y misterios en Algeciras. El Inspector García, con la respiración agitada pero la determinación intacta, había divisado al hombre del tatuaje de dragón una vez más. Al verse descubierto, el hombre lanzó una mirada de pánico y comenzó a correr.

—¡Espera! ¡Necesito hablar contigo! —gritó García, pero sus palabras se perdían en el viento. No había otra opción que seguirlo.

La persecución los llevó por calles estrechas y oscuros callejones, donde el único sonido era el eco de sus pasos apresurados. García, a pesar del cansancio, no perdía de vista al hombre, cuya figura se destacaba contra las luces tenues de la ciudad nocturna.

Finalmente, el hombre se adentró en un edificio viejo y abandonado. García, sin dudarlo, entró tras él. El interior era un laberinto de pasillos oscuros y habitaciones vacías, donde cada sombra parecía esconder un secreto.

—¡No puedes escapar! ¡Es mejor que hables conmigo! —gritaba García, pero solo el eco de su propia voz le respondía. Dentro del edificio, los sonidos extraños lo rodeaban, aumentando la tensión. Eran ruidos inexplicables que parecían venir de todas partes y de ninguna a la vez.

Continuando su búsqueda, García encontró un cuarto con bolsas de droga esparcidas por el suelo. Su corazón se aceleró. Este no era solo un caso de muerte misteriosa; era la punta del iceberg de algo mucho más grande.

Justo cuando estaba inspeccionando la habitación, escuchó un ruido cerca de la ventana. Se giró justo a tiempo para ver al hombre del tatuaje de dragón escapando por la ventana y desapareciendo una vez más en la oscuridad de la noche.

García corrió hacia la ventana, pero ya era tarde. El hombre se había evaporado como una sombra entre las sombras. Respirando hondo, el inspector sabía que la noche había terminado, pero la caza apenas comenzaba. La evidencia de narcotráfico era clara y, ahora más que nunca, estaba determinado a seguir adelante. La ciudad de Algeciras, con sus misterios y temores, esperaba respuestas y García no descansaría hasta encontrarlas.

- Acelerado - Accelerated
- Apresurados - Hurried
- Cansancio - Fatigue
- Correr - To run
- Desapareciendo - Disappearing
- Droga - Drug
- Edificio - Building
- Escapar - To escape
- Esparcidas - Scattered
- Gritaba - Yelled
- Hablar - To talk
- Inspeccionando - Inspecting
- Laberinto - Labyrinth
- Narcotráfico - Drug trafficking
- Oscuridad - Darkness
- Pasos - Steps
- Perseguir - To pursue

El Misterio del Tatuaje

Tras una noche de incansables búsquedas, el Inspector García se encontraba de nuevo en la comisaría. El descanso no tenía lugar en su mundo, no mientras el misterio del tatuaje del dragón seguía sin resolverse. Frente a él, en la mesa, descansaban fotografías del enigmático símbolo, cada una contando una historia sin palabras.

García levantó la vista hacia su equipo, un grupo marcado por el cansancio pero impulsado por la determinación.

—Este tatuaje, ¿qué sabemos exactamente? —inquirió, esperando algo más que las conexiones obvias.

Un agente joven, cuya tenacidad no había pasado desapercibida para García, intervino:

—Las investigaciones profundas revelan que el tatuaje pertenece a 'Los Dragones', un grupo de Marruecos. Pero hay más, jefe. No es solo un símbolo de afiliación; es un distintivo de rango. Solo los miembros de alta jerarquía lo llevan. Y cada dragón... cada dragón cuenta una historia de poder, miedo y control sobre las rutas de las drogas hacia Europa.

Las palabras del agente provocaron un silencio reflexivo en la sala. García, ahora más sumergido en sus pensamientos, rompió el silencio:

—Necesitamos entender todo, cada detalle. Preparen un encuentro con los informantes, pero con máxima discreción.

Los informantes, sombras entre sombras, compartieron relatos de terror y dominación.

—Inspector, —susurró uno, la voz cargada de miedo pero urgencia, —los 'Dragones' no solo trafican; moldean la vida y la muerte. Y este tatuaje... es su firma.

Con esta nueva comprensión, García dirigió sus pasos hacia una dirección que antes había pasado desapercibida: una residencia discreta que, en su silencio, escondía secretos mortales. Al cruzar el umbral, el hedor a productos químicos golpeó sus sentidos. La vivienda no solo estaba impregnada de drogas, sino de la vida personal de aquellos involucrados. Y allí, entre los despojos de la clandestinidad, encontró fotografías de la joven fallecida en la playa, capturadas en momentos que hablaban de una falsa alegría.

Al sostener esas fotografías, García sintió una mezcla de rabia y dolor.

—Esto va más allá del tráfico, —susurró, su voz apenas audible entre las paredes cargadas de secretos. —Hay una venganza... un mensaje en este caos.

De vuelta a la seguridad de su oficina, con las pruebas desplegadas ante él, el peso de la verdad era ineludible. "Los Dragones" habían tejido una red de dolor que se extendía más allá de las fronteras, más allá del mar que bañaba Algeciras.

Mirando a su equipo, García declaró con una renovada resolución:

—Detendremos esta tormenta. No solo por Algeciras, sino por cada alma que han tocado con su veneno.

Las palabras del inspector resonaron en la sala, no solo como un voto de justicia, sino como el eco de un compromiso inquebrantable.

La lucha contra "Los Dragones" se había convertido en más que una misión; era una cruzada contra el miedo que asolaba la ciudad. García sabía que el camino sería arduo, pero con cada revelación, se armaba de valor para enfrentar la tormenta que se avecinaba. La guerra contra el crimen se intensificaba, pero ahora, con la verdad en sus manos, estaba listo para llevar la batalla hasta el final.

- Afiliación - Affiliation
- Clandestinidad - Clandestinity
- Compromiso - Commitment
- Cruzada - Crusade
- Desapercibida - Unnoticed
- Despojos - Remains
- Dominación - Domination
- Enigmático - Enigmatic
- Falsedad - Falseness
- Hedor - Stench
- Ineludible - Inevitable
- Jerarquía - Hierarchy
- Moldean - Shape
- Químicos - Chemicals
- Reflexivo - Reflective
- Resolución - Resolution
- Venganza - Revenge

La Conexión Marroquí

El amanecer en Marruecos no solo traía un nuevo día, sino también nuevas esperanzas y desafíos para el Inspector García. Mientras recorría las callejuelas de una pequeña pero vibrante ciudad marroquí, su disfraz de turista desapercibido le permitía observar sin ser observado. Estaba allí por una misión: desentrañar la conexión de "Los Dragones" con esta tierra lejana.

La belleza de la ciudad contrastaba con la gravedad de su tarea. García sabía que cada paso era crucial. Decidido a sumergirse más en la vida local y obtener información, se detuvo ante un antiguo puesto de especias cuyo propietario, un hombre sabio y curtido, conocía los entresijos de la ciudad como la palma de su mano.

—Buenos días, —inició García, su tono amigable pero cauteloso. —He oído maravillas de este lugar y de su rica historia.

El vendedor, acostumbrado a turistas pero perceptivo a las intenciones ocultas, estudió a García.

—Esta ciudad tiene muchas historias, algunas llenas de luz, otras... no tanto, —respondió, invitando a una conversación más profunda.

Aprovechando la oportunidad, García se aventuró:

—Me han contado de 'Los Dragones', un grupo que parece ensombrecer esta ciudad. ¿Qué puede decirme sobre ellos?

El cambio en la atmósfera fue palpable. El mercader miró a su alrededor antes de inclinarse hacia García, sus palabras un susurro cargado de urgencia y miedo:

—Esa es una conversación peligrosa, amigo. Pero sé que no todos los que preguntan buscan perpetuar el mal. Hay un almacén, en las afueras, donde el día y la noche se encuentran.

Armado con esta nueva información, García se dirigió hacia la ubicación mencionada, una estructura imponente que se erguía en contraste con el desierto circundante. Este era el nexo de "Los Dragones" en Marruecos, y cada movimiento, cada sombra, podía ser la clave para desmantelar su red.

Trabajando desde las sombras, García observó el constante flujo de actividad. Era evidente que el lugar era más que un simple almacén: era un centro neurálgico de operaciones ilícitas.

Cuando la noche envolvió nuevamente el paisaje, García, junto con un equipo de operativos marroquíes que había logrado convencer de la gravedad de la situación, se preparó. El apoyo local había sido difícil de asegurar, pero las evidencias proporcionadas por García eran irrefutables.

—Esta noche, la justicia debe prevalecer, —murmuró García a sus nuevos aliados. La operación no solo era por Algeciras o por Marruecos, era una batalla en nombre de todos aquellos que habían sufrido a manos de "Los Dragones".

Con una mezcla de tensión y esperanza, se adentraron en la oscuridad, listos para enfrentar lo que fuera necesario. Esta no era solo una redada; era el punto de inflexión en la lucha contra una sombra que se había extendido demasiado. García sabía que los resultados de esta noche podrían cambiar el curso de la batalla, no solo en su ciudad natal, sino en todas las vidas afectadas por la oscuridad de "Los Dragones". Era el momento de actuar, y el destino de muchos pendía de un hilo en la inquietante calma del desierto marroquí.

- Almacén - Warehouse
- Callejuelas - Alleys
- Cauteloso - Cautious
- Curtido - Weathered
- Desentrañar - Unravel
- Desierto - Desert
- Disfraz - Disguise
- Erguía - Stood
- Gravedad - Seriousness
- Imponente - Imposing
- Inflexión - Turning point
- Intenciones - Intentions
- Mercader - Merchant

- Nexo - Link
- Operativos - Operatives
- Perpetuar - Perpetuate
- Propietario - Owner

La Redada

La noche cubría todo como un manto oscuro, perfecta para los planes del Inspector García y la policía local. Rodearon el almacén silenciosamente, cada uno sabiendo bien el papel que debía desempeñar. García, con el corazón latiendo con fuerza, dio una última mirada a sus compañeros antes de señalar el inicio de la operación.

La quietud de la noche se rompió con la acción repentina. Los agentes irrumpieron en el lugar, sus voces firmes llenando el aire.

—¡Policía! ¡Todos al suelo! —gritaban, mientras avanzaban hacia el corazón del almacén.

La respuesta de "Los Dragones" no se hizo esperar. Una batalla estalló dentro del almacén, con ambos lados luchando con determinación. García, manteniendo la calma en medio del caos, avanzaba buscando al líder del grupo.

Explosiones y humo llenaban el ambiente, haciendo difícil la visión y la respiración, pero García no se detenía. Sabía que este momento era crucial.

En medio del caos, encontró una habitación apartada, llena de papeles y documentos. Sin perder tiempo, comenzó a revisarlos, descubriendo mapas y notas que detallaban la red de drogas. Era la evidencia que necesitaban.

Pero la victoria se vio ensombrecida por la noticia de que el líder de "Los Dragones" había logrado escapar. García sintió la frustración arder dentro de él, pero sabía que la lucha no había terminado.

Sin embargo, no todo era desaliento. Muchos de los miembros de "Los Dragones" habían sido capturados, lo cual representaba un golpe significativo para la organización.

—Tenemos mucho de lo que necesitábamos, —dijo García a sus compañeros, mientras observaban a los detenidos siendo llevados afuera. —Esto es solo el principio. Vamos a seguir hasta que el último de ellos sea capturado.

La determinación de García era clara. Aunque el líder había escapado, la redada había sido un éxito. Ahora tenían la información necesaria para desmantelar la red de "Los Dragones" pieza por pieza. La batalla había terminado, pero la guerra contra el narcotráfico continuaba. Y García no descansaría hasta que la justicia prevaleciera.

- Acontecimiento - Event
- Baluarte - Bastion
- Conjetura - Conjecture
- Desfalco - Embezzlement
- Empalizada - Palisade
- Fachada - Facade
- Galardón - Award
- Hazaña - Feat
- Intriga - Intrigue
- Jubilación - Retirement
- Laberinto - Labyrinth
- Madrugador - Early riser
- Naufragio - Shipwreck
- Ostentoso - Ostentatious
- Paraje - Place
- Quebranto - Loss
- Resquicio - Fissure

El Mensaje Secreto

De regreso en Algeciras, el Inspector García se encerró en su oficina con los documentos capturados durante la redada. La luz del amanecer comenzaba a filtrarse por la ventana, pero él apenas lo notaba, completamente absorto en su tarea. Cuanto más leía, más se fruncía su ceño.

—Esto es grave, —murmuró para sí mismo. Descubrió que los documentos contenían un mensaje cifrado que indicaba un gran envío de drogas destinado a España, directamente a Algeciras. Algo muy peligroso estaba a punto de suceder.

Sin perder tiempo, decidió advertir a sus superiores y a la policía española.

—Hay que actuar rápido, —insistió al teléfono. —Esto es más grande de lo que pensábamos.

De vuelta en las calles de Algeciras, García se sorprendió al ver que la ciudad se preparaba para una gran fiesta.

—Justo lo que necesitaban para pasar desapercibidos, —pensó con preocupación.

Movido por la urgencia, García se reunió con su equipo.

—Creo que el envío llegará durante la fiesta. Es el momento perfecto para ellos, con toda la ciudad distrayendo a la policía, —explicó con seriedad.

Rápidamente, organizaron un equipo de policía, preparándose para la operación. García asignó tareas, distribuyó fotografías y aseguró que todos estuvieran al tanto de lo que estaba en juego.

La fiesta ya estaba en pleno auge cuando García y su equipo llegaron. La música resonaba, la gente bailaba y reía, ignorante del peligro que se cernía sobre ellos.

García observaba todo, tratando de discernir cualquier indicio de la operación de drogas entre la multitud.

—Estén alerta, —murmuraba a sus compañeros a través del comunicador. —Puede pasar en cualquier momento.

El equipo de policía, disperso entre la multitud pero conectado y alerta, esperaba. García sentía la tensión en el aire, como una cuerda estirada al máximo, a punto de romperse. Sabía que estaban al borde de algo grande y estaba decidido a detenerlo antes de que fuera demasiado tarde. La noche estaba llena de música y secretos, y García estaba allí para descubrirlos todos.

- Absorto - Absorbed
- Cifrado - Encrypted
- Desapercibidos - Unnoticed
- Envío - Shipment
- Filtrarse - To filter
- Frunce - Frowns
- Indicio - Indication
- Murmuró - Murmured
- Operación - Operation
- Peligrar - To endanger
- Preparativos - Preparations
- Resonaba - Resounded
- Seriedad - Seriousness
- Sorprender - To surprise
- Tensión - Tension
- Urgencia - Urgency

El Líder Atrapado

La noche había caído sobre Algeciras y, con ella, un silencio expectante se extendía por la playa. El Inspector García, con la mirada fija en el horizonte oscuro, sabía que esta podría ser la noche definitiva en su lucha contra "Los Dragones". En el momento en que el barco sospechoso se acercó a la orilla, él y su equipo estaban preparados para actuar.

Una vez asegurado el perímetro, García, acompañado por varios agentes, abordó el barco con determinación. Con cada paso que daba, sentía cómo se acercaba al final de esta larga investigación.

En el fondo del barco, encontraron al líder tratando de esconderse entre las sombras.

—¡No tienes a dónde ir! —exclamó García, dirigiéndose al hombre que había eludido su captura durante tanto tiempo.

El líder, acorralado y sin salidas, intentó negociar.

—García, podemos llegar a un acuerdo, —dijo con voz temblorosa, intentando mantener la calma.

Pero García no estaba allí para hacer tratos.

—Tus días de libertad han terminado, —respondió firmemente, y sin más, ordenó a sus hombres que arrestaran al líder.

De vuelta en la estación de policía, García se sentó frente al líder, listo para el interrogatorio. Las primeras horas fueron un desafío, pero finalmente, el líder comenzó a hablar, revelando detalles críticos sobre la red de drogas y sus conexiones en España.

García escuchaba atentamente, cada palabra del líder añadiendo piezas al rompecabezas que había estado armando durante meses. Cuando el interrogatorio terminó, García se quedó un momento en silencio, reflexionando sobre la magnitud de lo descubierto.

Sabía que la captura del líder era solo el principio. Había más personas involucradas, más hilos que seguir en España. Con la información obtenida, García empezó a planificar los siguientes pasos. La red de "Los Dragones" era extensa, pero ahora tenía una ventaja.

La lucha contra el narcotráfico no había terminado, pero esa noche, García sintió que finalmente estaban avanzando. Con una nueva determinación, se preparó para los desafíos que vendrían, sabiendo que cada acción los acercaba un paso más a la justicia. La batalla era grande, pero la voluntad de García y su equipo era aún mayor.

- Acorralado - Cornered
- Amanecer - Dawn
- Captura - Capture
- Determinación - Determination
- Eludido - Eluded
- Expectante - Expectant
- Interrogatorio - Interrogation
- Involucradas - Involved
- Magnitud - Magnitude
- Negociar - Negotiate
- Perímetro - Perimeter

- Piezas - Pieces
- Reflexionando - Reflecting
- Rompecabezas - Puzzle
- Salidas - Exits
- Sombra - Shadow
- Temblorosa - Trembling

El Final de "Los Dragones"

El amanecer en Algeciras traía consigo un nuevo comienzo. Las calles, testigos del temor y la incertidumbre que habían imperado durante meses, ahora se veían envueltas en una tranquila esperanza. El Inspector García, tras una larga noche sin sueño, estaba listo para dirigir la operación más grande de su carrera.

Con un mapa de la ciudad desplegado frente a él, organizó a sus equipos con precisión militar.

—Hoy terminamos esto, —dijo con una voz que no admitía réplicas. La policía se dispersó por toda la ciudad, cada unidad con una lista de objetivos claros.

La operación se desarrolló con una eficiencia impresionante. Uno tras otro, los involucrados en la red de "Los Dragones" fueron siendo arrestados. Las calles de Algeciras se llenaron del ir y venir de las patrullas, mientras que en las casas y escondites se encontraban más pruebas de las actividades ilícitas del grupo: drogas, dinero, documentos.

La noticia del desmantelamiento de "Los Dragones" se extendió rápidamente por toda España y, con ella, una ola de alivio y celebración. En Algeciras, los ciudadanos salían a las calles, agradeciendo a la policía y, en particular, al Inspector García, quien había sido fundamental en la lucha contra la banda.

—García, eres un héroe, —le decían las personas en la calle, mientras él, con una humildad característica, simplemente asentía y sonreía. Sabía que su trabajo no buscaba aplausos, pero no podía negar el profundo sentimiento de satisfacción que le brindaba ver a su ciudad libre de miedo.

Al caer la tarde, García se encontró solo en la playa, mirando las olas que golpeaban suavemente la arena. El sol se ponía, tiñendo el cielo de tonos naranjas y rosados. La ciudad de Algeciras estaba segura una vez más, pero él sabía que el trabajo de un inspector nunca termina.

Mirando hacia el horizonte, García pensó en el futuro, en los nuevos desafíos que enfrentaría. Pero por ahora, se permitió un momento de paz, saboreando la victoria contra "Los Dragones". La batalla había terminado, pero la guerra contra el crimen continuaba. Y él estaría allí, listo para enfrentar lo que viniera. Por ahora, el mar le ofrecía un breve respiro, un momento de calma antes de la próxima tormenta.

- Alborada - Dawn
- Aplausos - Applause
- Desmantelamiento - Dismantling
- Eficiencia - Efficiency
- Escondites - Hideouts
- Golpeaban - Beat (as in waves)
- Humildad - Humility
- Ilícitas - Illicit
- Impresionante - Impressive
- Incertidumbre - Uncertainty
- Naranjas - Oranges (color)
- Operativos - Operatives
- Patrullas - Patrols
- Replicas - Replies (in the sense of no replies accepted)
- Satisfacción - Satisfaction
- Testigos - Witnesses
- Tranquila - Calm

El Silbido del Secreto

El misterioso visitante

Era una mañana fría en Madrid cuando Sherlock González y su amigo Juan Watson recibieron la visita inesperada de una joven. Ella se presentó con voz temblorosa:

—Buenos días, me llamo María St. Claire. Necesito su ayuda, señores —dijo María, mirando a su alrededor, claramente nerviosa.

Sherlock, con una mirada penetrante, invitó a María a sentarse.

—Cuéntanos, María, ¿qué te trae por aquí? —preguntó Sherlock con voz calmada.

María tomó una profunda respiración antes de responder:

—Es sobre mi hermana, señores. Ha fallecido de una manera muy extraña y no sé a quién más acudir.

Juan, mostrando preocupación, se acercó con una taza de té para María.

—¿Qué ocurrió exactamente con tu hermana? —inquirió Juan.

—Ella vivía en una casa antigua a las afueras de la ciudad. La noche antes de que la encontraran muerta, me contó que había escuchado unos silbidos extraños. No hay signos de violencia, pero algo no está bien —explicó María, a punto de llorar.

Sherlock se levantó y comenzó a pasear por la habitación, pensativo.

—¿Y qué me dices de las personas con las que vivía? —preguntó Sherlock.

—Bueno, ella vivía con nuestro padrastro, el Dr. Álvarez. Es un hombre peculiar... ha viajado mucho y siempre trae cosas extrañas a casa —respondió María.

—Interesante... Juan, prepara nuestras cosas. Visitaremos esta casa —decidió Sherlock con determinación.

Al llegar a la casa, notaron de inmediato su aspecto antiguo y descuidado. María les guió a la habitación de su hermana, señalando la cama y la ventana.

—Aquí es donde la encontraron. Y esa ventana... siempre estaba cerrada, pero esa mañana estaba abierta —dijo María, señalando una ventana que daba al jardín.

Sherlock se acercó a la ventana y examinó tanto el marco como el cristal.

—Juan, ¿ves esto? —Sherlock señaló unas marcas casi imperceptibles en el alféizar—. Esto no fue un accidente. Algo o alguien estuvo aquí la noche de la muerte de tu hermana.

Juan se acercó para mirar y luego volvió su atención hacia María, quien observaba la escena con ojos llenos de esperanza y miedo.

—Vamos a averiguar qué pasó aquí, María. No te preocupes, Sherlock González está en el caso —dijo Juan, tratando de infundir algo de confianza en la joven.

Con eso, el misterio del silbido nocturno había comenzado. Sherlock y Juan se miraron, sabiendo que este caso les llevaría por un camino oscuro y desconocido.

- Acudir - To turn to
- Alféizar - Windowsill
- Antiguo - Ancient
- Calmada - Calm (feminine)
- Descuidado - Neglected
- Fallecida - Deceased (feminine)
- Guió - Guided (past tense)
- Imperceptibles - Imperceptible
- Inesperada - Unexpected
- Maravillosa - Marvelous
- Nerviosa - Nervous (feminine)
- Peculiar - Peculiar
- Pensativo - Thoughtful

- Silbidos - Whistles
- Temblorosa - Trembling (feminine)
- Ventana - Window
- Viajado - Traveled (past participle)

Secretos en la noche

Esa noche, Sherlock y Juan se prepararon para una larga vigilia en la antigua casa. Equipados con cámaras y micrófonos, no querían perderse ningún detalle.

—Sherlock, ¿realmente crees que escucharemos algo? —preguntó Juan, mientras ajustaba uno de los micrófonos.

—Esperemos que sí, Juan. Si María escuchó esos silbidos, debe haber una razón —respondió Sherlock, observando la oscuridad.

No pasó mucho tiempo antes de que un silbido penetrante cortara el silencio de la noche. Sherlock se tensó.

—Ese debe ser el sonido que María mencionó.

De repente, una sombra rápida pasó frente a la ventana. Sherlock y Juan no perdieron tiempo y salieron corriendo tras la figura.

—¡Rápido, Juan! Por aquí —gritó Sherlock, corriendo hacia el jardín. Sin embargo, cuando llegaron, no había nadie. Solo encontraron huellas misteriosas en la tierra.

—Estas huellas... alguien estuvo aquí —murmuró Juan, inspeccionándolas con una linterna.

Al revisar las grabaciones, notaron una figura oscura moviéndose en el fondo. Lo más extraño fue cuando encontraron una serpiente de juguete en el pasillo.

—Esto se pone cada vez más raro —dijo Juan, examinando la serpiente de juguete.

—Es hora de hablar con el Dr. Álvarez —decidió Sherlock.

Confrontaron al Dr. Álvarez, quien parecía más nervioso de lo habitual.

—Dr. Álvarez, ¿sabe algo sobre estos silbidos... o esta serpiente de juguete? —preguntó Sherlock, mostrando el objeto.

—No, no sé nada de eso —respondió el Dr. Álvarez, evitando la mirada de Sherlock.

Esa misma noche, escucharon ruidos en la planta baja. Bajaron rápidamente y descubrieron una puerta secreta detrás de un estante en la biblioteca.

—¿Qué es esto? —Juan murmuró sorprendido.

Abrieron la puerta para revelar un pequeño laboratorio lleno de frascos y libros extraños. Entre ellos, encontraron un diario.

—Sherlock, mira esto —dijo Juan, pasando el diario a Sherlock.

Sherlock hojeó el diario; su rostro se endureció al leer.

—Juan, esto es grave. Habla de experimentos con serpientes... y venenos.

Los dos se miraron, comprendiendo la magnitud de lo que descubrieron. La investigación acababa de tomar un giro oscuro y peligroso.

- Cámaras - Cameras
- Diario - Diary
- Escalofriante - Creepy
- Estante - Shelf
- Experimentos - Experiments
- Frascos - Jars
- Huella - Footprint
- Inspeccionando - Inspecting
- Linterna - Flashlight
- Misteriosas - Mysterious
- Oscuridad - Darkness
- Pasillo - Hallway
- Penetrante - Piercing
- Rápido - Quickly
- Serpiente - Snake

- Tensó - Tensed
- Vigilia - Vigil

Sospechas crecientes

Al día siguiente, Sherlock y Juan se reunieron en la sala de estar, con los rostros marcados por la preocupación.

—Sherlock, esto se está complicando más de lo que pensábamos —dijo Juan, frotándose las sienes.

—Sí, Juan. El Dr. Álvarez es más peligroso de lo que inicialmente sospechábamos. Tenemos que seguir vigilándolo —respondió Sherlock con seriedad.

Durante los siguientes días, siguieron al Dr. Álvarez discretamente. Pronto descubrieron que recibía paquetes de aspecto sospechoso y realizaba visitas a un mercado negro de animales exóticos.

—Esto confirma mis sospechas, Juan. Está usando serpientes para algo... Pero, ¿qué exactamente? —murmuró Sherlock mientras observaban desde la distancia.

Intentaron acercarse más para obtener pruebas concretas, pero en un descuido, el Dr. Álvarez los descubrió.

—¡Ustedes dos! ¿Qué están haciendo aquí? —exclamó el Dr. Álvarez, visiblemente alterado.

—No estamos haciendo nada malo, Dr. Álvarez. Solo paseando —respondió Juan rápidamente, tratando de calmar la situación.

Pero el Dr. Álvarez no se dejó engañar y, aprovechando un momento de distracción, huyó del lugar.

—¡Maldición! Se nos escapó —dijo Sherlock frustrado. —Volvamos a la casa. Necesitamos replantear nuestra estrategia.

De vuelta en la casa, encontraron un mapa en el despacho del Dr. Álvarez, con una zona específica marcada. Decidieron que era crucial visitar esa zona al día siguiente.

Sin embargo, esa misma noche, escucharon ruidos sospechosos afuera de su habitación. Al salir, se encontraron cara a cara con una serpiente real deslizándose por el pasillo.

—¡Cuidado, Juan! —gritó Sherlock, mientras Juan capturaba hábilmente a la serpiente con una manta.

—Tenemos que enviar esta serpiente a un laboratorio para que la analicen. Podría ser la prueba que necesitamos —dijo Sherlock, mirando al reptil cautivo.

Al día siguiente, María los visitó, preocupada por su padrastro.

—Chicos, mi padrastro ha estado actuando muy extraño últimamente. Se encierra en su laboratorio a todas horas y no me deja entrar —les contó María, con miedo en sus ojos.

—María, creemos que tu padrastro está involucrado en algo muy serio. Pero necesitamos tu ayuda para descubrir qué es exactamente —dijo Juan, tratando de tranquilizarla.

—Haré lo que sea necesario para ayudar. No quiero que nadie más salga lastimado —respondió María, decidida.

Con la nueva información y la serpiente como posible prueba, Sherlock y Juan se prepararon para lo que sabían que sería un encuentro peligroso y revelador. La verdad estaba cerca, y estaban determinados a descubrirla.

- Alterado - Upset
- Cautivo - Captive
- Deslizándose - Sliding
- Descuido - Oversight
- Discretamente - Discreetly
- Encierra - Locks up
- Engañar - To deceive
- Exóticos - Exotic
- Frotándose - Rubbing
- Hábilmente - Skillfully
- Involucrado - Involved

- Laboratorio - Laboratory
- Marcados - Marked
- Manta - Blanket
- Paquetes - Packages
- Replantear - To rethink
- Sospechoso - Suspicious

La trampa

Al día siguiente, con el mapa en mano, Sherlock y Juan se dirigieron a la zona marcada. Era una antigua granja que parecía abandonada desde hace años.

—Esto parece sacado de una película de misterio —comentó Juan, observando las viejas estructuras.

Sherlock examinó el área con cuidado.

—Mira, Juan, jaulas y equipos... esto se usaba para manejar serpientes.

Exploraron más y encontraron registros que mostraban envíos de serpientes venenosas.

—Esto se pone serio —dijo Juan, pasando las páginas de los registros.

De repente, fueron sorprendidos por el Dr. Álvarez y varios hombres.

—¡No se muevan! —gritó uno de los cómplices.

Se produjo una pelea. Juan logró derribar a un hombre, mientras Sherlock se enfrentaba al Dr. Álvarez. Aprovechando un momento de distracción, escaparon corriendo entre los árboles.

—¡Esa fue por poco! —dijo Juan, recuperando el aliento. —Pero, Sherlock, ¿viste eso? Nos tendieron una trampa.

—Sí, pero ahora tenemos más pruebas —respondió Sherlock, mostrando una carpeta que había tomado de la granja.

Decidieron llevar las pruebas a la policía. Al llegar, explicaron todo y mostraron la evidencia. La policía se movilizó de inmediato para planear la captura del Dr. Álvarez.

De vuelta en la casa, se encontraron con que el Dr. Álvarez había desaparecido.

—Ha huido, pero no por mucho tiempo —dijo Sherlock, mirando alrededor de la habitación del Dr.

Encontraron más pruebas: cartas, notas, y un billete de avión.

—Esto confirma que planea huir del país —concluyó Sherlock.

—Tenemos que actuar rápido —dijo Juan, decidido.

Prepararon un plan meticuloso para capturarlo antes de su huida. Con cada pieza del puzle en su lugar, se prepararon para lo que podría ser el enfrentamiento final.

—Esta vez, no se nos escapará —dijo Sherlock, con una determinación firme en su voz.

- Abandonada - Abandoned
- Árboles - Trees
- Captura - Capture
- Cómplices - Accomplices
- Desaparecido - Disappeared
- Derribar - To knock down
- Granja - Farm
- Jaulas - Cages
- Manejar - To handle
- Meticuloso - Meticulous
- Movilizó - Mobilized
- Película - Movie
- Pruebas - Proofs
- Registros - Records
- Tendieron - Laid (as in a trap)
- Venenosas - Poisonous

La caza

La ciudad amaneció con una misión: capturar al Dr. Álvarez. Sherlock, Juan y la policía se distribuyeron, siguiendo cada pista que tenían.

—¿Crees que realmente intentará huir por mar? —preguntó Juan mientras corrían hacia el puerto.

—Todo apunta a eso, y no vamos a permitir que se escape —respondió Sherlock, mirando fijamente al horizonte.

Al llegar al puerto, notaron un barco que estaba a punto de zarpar.

—¡Allí está! ¡Ese debe ser su plan de escape! —gritó Juan, señalando hacia un gran buque de carga.

Iniciaron una intensa persecución por el puerto, esquivando cajas y marineros sorprendidos por la conmoción. El Dr. Álvarez, viéndolos, empezó a correr con desesperación, usando trucos para intentar perderlos.

—Parece que no quiere que lo atrapemos —dijo Sherlock con ironía mientras esquivaba un barril.

Finalmente, Sherlock y Juan lograron acorralar al Dr. Álvarez cerca de un almacén. Pero en un giro desesperado, el Dr. sacó una serpiente venenosa de una bolsa.

—¡Cuidado, Juan! Esa serpiente es peligrosa —gritó Sherlock, preparándose para cualquier movimiento.

La tensión era alta, pero con un movimiento rápido, lograron neutralizar al Dr. Álvarez y asegurar la serpiente. La policía llegó justo a tiempo para arrestarlo y asegurarse de que no representara más una amenaza.

—Es hora de que pague por sus crímenes —dijo uno de los policías mientras esposaba al Dr. Álvarez.

En el barco, encontraron más pruebas de sus planes y documentos incriminatorios. María, al recibir la noticia de la captura de su padrastro, no pudo evitar sentir un profundo alivio.

—Gracias, Sherlock, gracias, Juan. Han salvado muchas vidas —dijo María, con lágrimas en los ojos.

Los dos amigos fueron felicitados por su valentía y astucia. La ciudad podía dormir tranquila esa noche, sabiendo que un peligroso criminal estaba tras las rejas.

—Otro caso resuelto, Juan —dijo Sherlock, mirando hacia el mar.

—Sí, Sherlock. Pero algo me dice que siempre habrá más misterios esperando —respondió Juan, listo para la próxima aventura.

- Acorralar - To corner
- Amaneció - Dawned
- Barco - Ship
- Barril - Barrel
- Buque - Vessel
- Cajas - Boxes
- Conmoción - Commotion
- Desesperación - Desperation
- Esposaba - Handcuffed
- Incriminatorios - Incriminating
- Marineros - Sailors
- Neutralizar - To neutralize
- Persecución - Pursuit
- Puerto - Port
- Trucos - Tricks
- Venenosa - Venomous
- Zarpar - To set sail

Secretos revelados

La sala de interrogatorios estaba iluminada por una luz tenue. El Dr. Álvarez, con la cabeza baja, esperaba a que comenzaran las preguntas. Sherlock y Juan observaban desde detrás del cristal.

—¿Crees que nos dirá todo? —preguntó Juan, mirando al Dr. Álvarez.

—Espero que sí. Necesitamos entender todo para cerrar este caso completamente —respondió Sherlock, con una mirada seria.

El interrogatorio comenzó. Pronto se revelaron las verdaderas intenciones del Dr. Álvarez: una mezcla de venganza y desesperación financiera.

—No puedo creer que fuera tan lejos por venganza —murmuró Juan, sacudiendo la cabeza.

—Sí, pero ahora todo empieza a tener sentido —dijo Sherlock, anotando cada detalle.

María, que había sido llamada a la estación, escuchó atónita las revelaciones sobre su familia y el oscuro pasado de su padrastro.

—¿Esto era lo que ocultaba mi familia? —dijo María, casi en un susurro.

Mientras tanto, Sherlock y Juan revisaban las pruebas recogidas: fotografías de la granja, registros de los envíos de serpientes, y notas del Dr. Álvarez. Cada pieza era crucial para entender el completo alcance de sus crímenes.

—Mirando todo esto, es evidente cómo planificó sus acciones —comentó Sherlock, mostrando a Juan un diagrama detallado.

Finalmente, se aclaró el misterio. Con todas las pruebas y testimonios, el caso contra el Dr. Álvarez estaba sólido y listo para ser llevado ante la justicia.

—Este ha sido uno de los casos más complicados —reflexionó Juan mientras salían de la estación.

—Sí, pero hemos logrado resolverlo. Es un recordatorio de que la verdad siempre sale a la luz —agregó Sherlock, mirando hacia el futuro.

María, ahora más tranquila y agradecida, se acercó a ellos.

—No sé cómo agradecerles. Han hecho más de lo que puedo expresar —dijo María.

Sherlock asintió con una sonrisa.

—Nosotros solo buscamos la verdad, María. Lo importante es que ahora puedes comenzar a sanar y mirar hacia adelante.

La comunidad empezó a sanar del impacto de los acontecimientos, y la vida en la ciudad comenzó a volver a la normalidad. Sherlock y Juan se convirtieron en héroes locales, pero ellos sabían que la justicia era el verdadero héroe de esta historia.

Mientras el sol se ponía, Sherlock y Juan se alejaban, sabiendo que su trabajo había hecho de su ciudad un lugar un poco más seguro. La promesa de un futuro más seguro era un faro de esperanza para todos los que habían sido afectados por este oscuro caso.

- Alcance - Scope
- Atonita - Astonished
- Crímenes - Crimes
- Desesperación - Desperation
- Diagrama - Diagram
- Envíos - Shipments
- Iluminada - Illuminated
- Interrogatorio - Interrogation
- Justicia - Justice
- Ocultaba - Hid
- Planificó - Planned
- Recogidas - Collected
- Reflexionó - Reflected
- Revelaciones - Revelations
- Sanar - To heal
- Testimonios - Testimonies
- Venganza - Revenge

El final del enigma

El gran día había llegado: el juicio contra el Dr. Álvarez. La sala estaba llena, y entre el público se encontraban Sherlock y Juan, listos para ser testigos clave en el caso.

—Es un día importante, Juan —dijo Sherlock mientras entraban en la sala.

—Sí, Sherlock. Espero que se haga justicia —respondió Juan, observando al Dr. Álvarez sentado delante del juez.

Las pruebas contra el Dr. Álvarez se presentaron una tras otra. Fotos, registros, testimonios... la evidencia era irrefutable.

El Dr. Álvarez intentó defenderse, argumentando su inocencia, pero las pruebas hablaban por sí solas. —Yo no hice nada malo —afirmaba, pero su voz se perdía entre los montones de evidencia.

Se revelaron los detalles de sus crímenes, los planes meticulosamente elaborados, y la sala quedó en silencio, procesando la magnitud de sus actos.

Finalmente, el juez dictó el veredicto: culpable. Un suspiro colectivo se escuchó en la sala. La sentencia fue severa, asegurando que el Dr. Álvarez no podría hacer más daño.

María, con lágrimas en los ojos, se acercó a Sherlock y Juan. —Gracias, de verdad, gracias. No sé qué hubiera hecho sin ustedes —dijo con voz temblorosa.

La comunidad expresó su alivio por la resolución del caso. La noticia del veredicto se esparció rápidamente, y Sherlock y Juan fueron aclamados por su valiente trabajo.

—Fue un esfuerzo de equipo. La comunidad jugó un papel crucial —dijo Sherlock a los periodistas fuera de la corte.

La captura y el juicio del Dr. Álvarez se convirtieron en un mensaje de precaución para todos. La justicia había prevalecido.

Mientras caminaban por las calles de Madrid, que volvía a la normalidad, Sherlock y Juan reflexionaban sobre los eventos.

—El mal siempre estará ahí, Juan, pero también lo estará la justicia —dijo Sherlock, mirando alrededor.

—Y siempre estaremos ahí para enfrentarlo, Sherlock. Juntos —agregó Juan, con una sonrisa.

El caso se había cerrado, pero sabían que siempre habría nuevos misterios esperando. Madrid podía descansar un poco más tranquila esa noche, sabiendo que tenía protectores dispuestos a descubrir la verdad.

- Aclamados - Acclaimed
- Argumentando - Arguing
- Captura - Capture
- Culpable - Guilty
- Dictó - Dictated
- Esparció - Spread
- Inocencia - Innocence
- Irrefutable - Irrefutable
- Juez - Judge
- Justicia - Justice
- Magnitud - Magnitude
- Meticulosamente - Meticulously
- Precaución - Caution
- Procesando - Processing
- Resolución - Resolution
- Sentencia - Sentence
- Veredicto - Verdict

Sombras de una Democracia

La sospecha inicial

Carlos López, sentado en su desordenado escritorio en Madrid, revisa su correo electrónico. De repente, encuentra un mensaje anónimo que captura su atención: "El Partido Social Democrático no es lo que parece". Carlos frunce el ceño, intrigado.

—¿Has visto esto, Ana? —llama a su editora, mostrándole la pantalla.

Ana, con una mirada seria, lee el mensaje y luego mira a Carlos.

—Esto podría ser grande, pero es peligroso —dice con preocupación.

—Pero, ¿y si es verdad? ¿Y si hay algo más detrás del partido? —Carlos no puede ocultar su curiosidad.

—Está bien, investiga. Pero con cuidado —concede Ana, no sin antes darle una mirada de advertencia.

Carlos comienza su investigación sumergiéndose en los discursos y documentos del Partido Social Democrático. Algo no cuadra; las promesas públicas no coinciden con sus acciones.

Decide hablar con exmiembros del partido.

—No puedo decirte mucho... solo ten cuidado —le dice uno, nervioso y evitando el contacto visual.

—¿Qué sabes sobre las finanzas del partido? —Carlos pregunta, buscando alguna pista.

El exmiembro le sugiere mirar los registros financieros, pero obtenerlos resulta ser un laberinto burocrático.

Mientras tanto, los mensajes intimidatorios comienzan a llegar más frecuentemente.

—Carlos, tal vez deberías dejarlo —sugiere Ana, preocupada por su seguridad.

Pero Carlos está decidido.

—Hay algo grande aquí, Ana. Tengo que seguir.

Una pista conduce a otra, y Carlos descubre una conexión inquietante entre el partido y un grupo extremista conocido.

—Esto es más serio de lo que pensaba —murmura para sí mismo. Decide seguir la pista, a pesar del peligro que esto implica.

—Sé cuidadoso, Carlos —le dice Ana cuando se va. Él asiente, sabiendo que está a punto de adentrarse en aguas profundas y oscuras.

- Adentrarse - To delve into
- Anónimo - Anonymous
- Burocrático - Bureaucratic
- Conexión - Connection
- Curiosidad - Curiosity
- Desordenado - Messy
- Extremista - Extremist
- Finanzas - Finances
- Implica - Implies
- Intimidatorios - Intimidating
- Laberinto - Labyrinth
- Mensajes - Messages
- Nervioso - Nervous
- Oscuras - Dark
- Peligroso - Dangerous
- Promesas - Promises
- Seguridad - Safety

La primera pista

Carlos, con cámara en mano, se esconde en las sombras cerca de un edificio abandonado. Observa cómo figuras encapuchadas se dispersan en la oscuridad de la noche.

—¿Lograste algo? —susurra una voz detrás de él. Carlos salta, girándose para encontrar a su amigo informático, Luis.

—Sí, mira —dice Carlos, mostrando las fotos borrosas. —Necesito saber quiénes son.

Luis asiente.

—Déjamelas. Mañana tendrás nombres.

Al día siguiente, Carlos se encuentra con Laura, una periodista de investigación que dejó el periódico hace un año.

—Carlos, ¿qué estás tramando? —pregunta Laura, preocupada pero curiosa.

—Estoy tras algo grande, Laura. Y creo que necesito tu ayuda —responde Carlos, compartiendo sus sospechas y pruebas.

Juntos, descubren una bodega en las afueras de la ciudad.

—Mira esto, material no declarado... y mucho —susurra Laura, mirando a través de una ventana rota.

De repente, unos faros los iluminan.

—¡Corre! —grita Carlos, y ambos echan a correr, el sonido de pasos siguiéndolos de cerca.

Después de escapar, deciden investigar más durante el día. Entrevistan a vecinos, que hablan de vehículos y reuniones nocturnas.

—Algo raro pasa aquí —murmura Carlos, mientras un anciano les cuenta de sombras y ruidos extraños.

Más tarde, visitan una imprenta local. Detrás de puertas cerradas, encuentran panfletos y documentos con el logo del partido.

—Esto es propaganda radical —dice Laura, hojeando los documentos.

Al volver a la redacción, el desastre los recibe.

—Nuestros archivos, todo borrado —dice Carlos, mirando las pantallas vacías.

Laura frunce el ceño.

—Esto fue interno, alguien nos está saboteando.

Carlos asiente, su determinación reforzada.

—Tenemos que ser más cuidadosos. Alguien dentro del periódico está en contra nuestra.

—Vamos a descubrir quién es —dice Laura, con un brillo de desafío en sus ojos.

Juntos, se preparan para enfrentar lo que venga, conscientes de que la verdad está cada vez más cerca, pero también los peligros.

* Anciano - Elderly man
* Bodega - Warehouse
* Borrosas - Blurry
* Desastre - Disaster
* Encapuchadas - Hooded figures
* Faros - Headlights
* Frunce - Frowns
* Imprenta - Print shop
* Interrogatorio - Interrogation
* Material - Material
* Nocturnas - Nightly
* Panfletos - Pamphlets
* Propaganda - Propaganda
* Radical - Radical
* Reuniones - Meetings
* Saboteando - Sabotaging
* Tramando - Plotting

En la sombra

En una habitación iluminada solo por la luz de una lámpara, Carlos y Laura revisan los documentos con cuidado.

—Debemos mantener esto entre nosotros, incluso en la redacción —susurra Carlos.

Laura asiente, concentrada en un papel.

—Mira, Carlos, 'Operación Aurora'. ¿Qué crees que significa?

—Es lo que necesitamos descubrir —dice Carlos, mientras marca algunas líneas.

Deciden pedir ayuda y Carlos llama a un antiguo informante de la policía, un hombre llamado Miguel.

—Miguel, necesitamos información sobre algo llamado 'Operación Aurora' —explica Carlos.

—Ten cuidado, Carlos. Eso está ligado a gente poderosa, incluso dentro de la policía —advierte Miguel.

Motivados por la advertencia, viajan a una pequeña ciudad donde el partido ha crecido en influencia.

Allí, escuchan rumores de fraude electoral.

—Han manipulado todo, las votaciones fueron una farsa —confiesa un residente asustado.

Para obtener más pruebas, contactan a un hacker amigo, Sofía, quien les ayuda a interceptar comunicaciones secretas.

—Encontré algo. Hay una reunión importante la próxima semana, es parte de su 'Operación Aurora' —informa Sofía.

Mientras investigan, son abordados por hombres intimidantes.

—Dejen de husmear si saben lo que les conviene —amenazan los desconocidos.

Evadiendo peligros, se infiltran en la reunión, capturando discursos que exponen la verdadera naturaleza autoritaria del partido.

Pero al intentar dejar el lugar discretamente, son descubiertos por la seguridad.

—¿Qué están haciendo aquí? —interroga un guardia.

Gracias a la oportuna aparición de manifestantes en contra del partido, logran mezclarse entre la multitud y escapar.

De vuelta en Madrid, cargan con evidencia vital, pero saben que han cruzado un punto de no retorno.

—Ahora somos objetivos, Laura —dice Carlos, mirando por la ventana.

—Lo sé, pero no podemos detenernos ahora. Tenemos que seguir —responde Laura con determinación, preparándose para lo que vendrá.

- Abordados - Approached
- Autoritaria - Authoritarian
- Comunicaciones - Communications
- Crecido - Grown
- Descubiertos - Discovered
- Evidencia - Evidence
- Farsa - Farce
- Fraude - Fraud
- Husmear - To snoop
- Iluminada - Lit
- Infiltran - They infiltrate
- Intimidantes - Intimidating
- Manifestantes - Protesters
- Objetivos - Targets
- Operación - Operation
- Revisan - They review
- Saboteando - Sabotaging

El cerco se cierra

Carlos y Laura, al llegar a Madrid, notan que algo no va bien.

—Nos están siguiendo —susurra Laura, mirando por el retrovisor.

—Separemos. Nos encontraremos en el café de siempre en dos horas —propone Carlos, bajando la velocidad.

Antes de separarse, Carlos esconde las pruebas en un viejo escondite bajo un puente.

—Aquí estarán seguras —murmura, cubriéndolas con unas piedras.

En el café, Laura llega con noticias inquietantes.

—Alguien intentó forzar la entrada de mi apartamento. Están cerca, Carlos.

—Tenemos que actuar rápido —decide Carlos. —Vamos a publicar lo que sabemos, aunque sea un resumen.

Una vez publicado el adelanto, las reacciones no se hacen esperar. El Partido Social Democrático rápidamente los acusa de crear noticias falsas.

Pero el efecto deseado se cumple. Periodistas y ciudadanos empiezan a cuestionar la versión oficial del partido.

Carlos consigue una entrevista clandestina con un exmiembro del partido.

—La 'Operación Aurora'... es su jugada final —revela el hombre, mirando constantemente sobre su hombro.

De repente, su conversación es interrumpida.

—Carlos López, está usted bajo investigación —anuncia una voz autoritaria. Es la policía.

Sin tiempo que perder, Laura y Carlos se refugian en un lugar seguro.

—Tenemos que continuar desde las sombras —dice Laura, revisando sus notas.

Un colega, en un acto de valentía, les entrega documentos adicionales.

—Esto prueba la corrupción a todos los niveles —afirma, entregándoles un sobre grueso.

Deciden organizar una conferencia de prensa en secreto.

—Es ahora o nunca —afirma Carlos, configurando la cámara.

Pero justo cuando empiezan a revelar sus hallazgos, un grupo de agitadores irrumpe.

—¡Mentiras! ¡Todo son mentiras! —gritan, arrojando papeles y abucheando.

A pesar del caos, las pruebas son irrefutables y la transmisión es un éxito. La gente comienza a ver la verdad.

La presión resultante es demasiado para ignorar. Las autoridades, empujadas por la opinión pública, inician una investigación exhaustiva contra el Partido Social Democrático.

—Lo logramos, Laura —dice Carlos, apagando la cámara, —pero esto es solo el principio.

- Agitadores - Agitators
- Autoritaria - Authoritarian
- Clandestina - Clandestine
- Conferencia - Conference
- Corrupción - Corruption
- Cuestionar - To question
- Escondite - Hideout
- Exhaustiva - Exhaustive
- Forzar - To force
- Hallazgos - Findings
- Inquietantes - Disturbing
- Investigación - Investigation
- Jugada - Play
- Noticias falsas - Fake news
- Publicar - To publish
- Retrovisor - Rearview mirror
- Seguras - Safe

La verdad emerge

La televisión muestra al país en vilo mientras se desarrolla la investigación oficial contra el Partido Social Democrático.

—Carlos, mira esto —dice Laura, señalando la pantalla. —Tu trabajo está cambiando la historia.

Carlos asiente, aunque se siente exhausto.

—No hubiera sido posible sin ti —responde.

La policía les asigna protección debido a las crecientes amenazas.

—Estaremos seguros, pero tenemos que continuar —asegura Carlos, revisando unos documentos.

A pesar de los esfuerzos del partido por desacreditarlos, las manifestaciones crecen.

—La gente está despertando —observa Laura, viendo las noticias.

Un líder del partido renuncia abruptamente, provocando una crisis.

—Esto es solo el comienzo —comenta Carlos, analizando la situación.

De repente, Carlos recibe un mensaje cifrado.

—Un informante promete pruebas decisivas —explica a Laura.

Se citan con el informante en un parque desolado, pero rápidamente se dan cuenta de que es una emboscada.

—¡Corre, Laura! —grita Carlos.

En un giro afortunado, un grupo de manifestantes interviene, permitiéndoles escapar.

—Fue demasiado cerca —suspira Laura, a salvo.

Los documentos obtenidos de la trampa, irónicamente, revelan aún más secretos oscuros del partido.

—Esto es enorme —dice Carlos, sorprendido.

La publicación de estas pruebas lleva a arrestos significativos.

—Están cayendo uno tras otro —dice Laura, aliviada pero cautelosa.

La ciudad los celebra como héroes, pero Carlos y Laura saben que la batalla no ha terminado.

—Hay más por descubrir —asegura Laura.

El juicio público contra los líderes del partido comienza, basado en las pruebas que Carlos y Laura han expuesto.

—Es un día para la historia —reflexiona Carlos.

Carlos, pensativo, habla sobre la importancia de la democracia y la prensa.

—Nunca debemos dar por sentada nuestra libertad —le dice a Laura.

Con el partido finalmente desmantelado, Carlos y Laura se dan cuenta de que su lucha debe continuar.

—Esto no termina aquí. La lucha sigue —afirman, decididos a proteger la verdad y la justicia.

- Amenazas - Threats
- Asigna - Assigns
- Cifrada - Encrypted
- Crece - Grows
- Crisis - Crisis
- Desacreditarlos - To discredit them
- Desmantelado - Dismantled
- Desolado - Desolate
- Emboscada - Ambush
- Exhausto - Exhausted
- Interviene - Intervenes
- Manifestaciones - Demonstrations
- Parque - Park
- Protección - Protection
- Renuncia - Resignation
- Secretos - Secrets
- Vilo - Suspense

Consecuencias

Carlos y Laura se sientan en un café tranquilo, lejos del bullicio de la ciudad.

—Hemos cambiado mucho —comenta Carlos, mirando hacia la calle.

—Sí, pero mira lo que hemos conseguido. La gente nos agradece —responde Laura, sonriendo a un grupo de personas que les saludan desde fuera.

Una nueva comisión se ha formado para investigar más a fondo la corrupción.

—Es un paso adelante —dice Carlos, esperanzado.

De repente, su teléfono suena.

—Es una editorial. Quieren que escriba un libro sobre todo esto —revela, sorprendido.

Laura asiente.

—Te lo mereces. Pero yo... necesito descansar. Todo esto ha sido demasiado.

Carlos comprende.

—Te apoyo, Laura. Tómate tu tiempo.

Mientras tanto, vigilan de cerca a los exmiembros del partido.

—No podemos bajar la guardia —advierte Laura.

Son invitados a universidades y eventos para hablar sobre su experiencia.

—Es importante compartir nuestra historia —dice Carlos.

Nuevas leyes se están debatiendo en el parlamento.

—Espero que realmente hagan la diferencia —comenta Laura, escéptica pero esperanzada.

A pesar de los avances, la desconfianza en la política sigue latente.

—Tenemos que reconstruir esa confianza —reflexiona Carlos.

Carlos continúa con su trabajo periodístico, más motivado que nunca.

—Hay más historias que contar —asegura.

Descubren que no solo el Partido Social Democrático tenía agendas ocultas.

—Esto nunca termina —susurra Carlos, decidido.

La relación entre ambos se ha fortalecido a través de la adversidad.

—Juntos somos más fuertes —dice Laura, tomando la mano de Carlos.

Carlos visita la tumba de su colega caído.

—No te he olvidado, amigo. Continúo tu lucha —murmura, dejando unas flores.

Reflexiona sobre el precio de la verdad y la importancia de no rendirse.

—La verdad siempre vale la pena —se dice a sí mismo.

Comprometido, Carlos mira al cielo.

—Seguiré luchando por la democracia y la libertad, cueste lo que cueste —Laura asiente, compartiendo el compromiso silencioso.

- Amenazas - Threats
- Asigna - Assigns
- Cifrada - Encrypted
- Crece - Grows
- Crisis - Crisis
- Desacreditarlos - To discredit them
- Desmantelado - Dismantled
- Desolado - Desolate
- Emboscada - Ambush
- Exhausto - Exhausted
- Interviene - Intervenes

- Manifestaciones - Demonstrations
- Parque - Park
- Protección - Protection
- Renuncia - Resignation
- Secretos - Secrets
- Vilo - Suspense

Un nuevo amanecer

El día de la publicación del libro de Carlos, él y Laura se encuentran en una pequeña librería local para el lanzamiento.

—¿Puedes creerlo, Carlos? Tu libro es un éxito —dice Laura, señalando la larga fila de personas esperando un autógrafo.

Carlos sonríe, emocionado.

—Es gracias a nuestro trabajo juntos. Esto es para los que luchan por la verdad.

La sociedad empieza a cambiar; en las escuelas, los maestros hablan sobre la importancia de la prensa y la transparencia.

—Nuestros jóvenes necesitan aprender esto —comenta Carlos, visitando un aula.

Juntos, Carlos y Laura abren las puertas de su nueva revista.

—Este es un nuevo comienzo —declara Laura, orgullosa.

Programas educativos emergen, enseñando a los jóvenes a cuestionar y pensar críticamente.

—Espero que esto haga una diferencia —dice Carlos, observando una clase.

La actividad política aumenta; la gente ya no se queda callada.

—La democracia se fortalece con la participación —reflexiona Carlos en una entrevista.

El reconocimiento de Carlos se extiende más allá de las fronteras de España. Recibe un premio internacional.

—Lo dedico a todos los que buscan la verdad —anuncia en la ceremonia.

Carlos empieza a viajar, dando conferencias sobre la corrupción y la importancia de la transparencia.

—El mundo necesita escuchar nuestra historia —dice a Laura antes de partir.

Con las nuevas leyes, el gobierno se vuelve más transparente.

—Estamos avanzando, Laura —comenta Carlos, revisando la nueva legislación.

La relación entre Carlos y Laura se fortalece aún más.

—Estamos juntos en esto, ahora y siempre —promete Carlos, sosteniendo la mano de Laura.

Sus investigaciones se expanden internacionalmente, descubriendo y exponiendo la corrupción a nivel mundial.

—Es una lucha global —afirma Laura, revisando nuevos datos.

La revista se convierte en un pilar del periodismo, con lectores de todo el mundo.

—Hemos creado algo increíble —dice Laura, hojeando la última edición.

España es elogiada por su progreso.

—Han sentado un precedente —dice un líder extranjero durante una conferencia.

Al recibir su premio, Carlos piensa en aquellos que arriesgaron todo.

—Este es por ustedes —dice mirando al cielo.

La lucha sigue, pero ahora hay una chispa de esperanza.

—Hemos encendido una llama —reflexiona Laura.

La historia de Carlos y Laura inspira a otros a buscar la verdad, demostrando que incluso en la oscuridad, la luz siempre encuentra su camino.

- Autógrafo - Autograph
- Chispa - Spark
- Conferencias - Conferences
- Cuestionar - To question
- Elogiada - Praised
- Emergen - Emerge
- Encendido - Lit (ignited)
- Fortalece - Strengthens
- Inspirar - To inspire
- Internacionalmente - Internationally
- Lanzamiento - Launch
- Legislación - Legislation
- Participación - Participation
- Pilar - Pillar
- Premio - Award
- Reconocimiento - Recognition
- Transparente - Transparent

Sombras en Ceuta

La llegada a Ceuta

Carlos Méndez, un detective conocido por su ingenio, llegó a Ceuta mientras el sol se ponía, tiñendo el cielo de naranja y rojo. Al bajar del ferry, su teléfono vibró.

—Era un mensaje que decía: "Necesitamos que encuentres a Lucia. Es urgente".

Carlos, acostumbrado a la misteriosa naturaleza de su trabajo, tomó un taxi hacia el centro de la ciudad. Se hospedó en un hotel modesto pero cómodo, desde donde podía empezar su investigación.

Al día siguiente, Carlos se aventuró por las calles empedradas de Ceuta, preguntando a los locales si conocían a alguna Lucia.

—Lo siento, no me suena ese nombre —respondía la gente, unos tras otros, sumiendo a Carlos en la frustración.

No dispuesto a rendirse, Carlos entró en un café local. Allí, entre sorbos de café amargo, escuchó a unos hombres hablar sobre un almacén abandonado. Algo en su conversación llamó su atención. Decidió investigar.

En el viejo almacén, el polvo y la soledad eran sus únicos acompañantes, hasta que encontró algo: una fotografía descolorida de una mujer y un hombre que nunca había visto. En el reverso, escrito con letra temblorosa, estaba el nombre "Lucia".

De repente, pasos. Alguien más estaba allí. Carlos se escondió detrás de unas cajas viejas, observando. Dos hombres registraban el lugar, claramente buscando algo, o alguien. ¿Serían ellos los que enviaron el mensaje? Carlos esperó a que se fueran antes de seguirlos discretamente.

Entraron en una casa que parecía abandonada hace años.

—¿Quiénes serán? —pensó Carlos, decidido a descubrirlo. Pero sabía que necesitaba prepararse mejor. Volvió al hotel, pensativo.

Aquella noche, otro mensaje llegó a su teléfono:

—Ten cuidado.

Era claro que su llegada a Ceuta no había pasado desapercibida y que esta búsqueda sería más peligrosa de lo que imaginaba.

- Acompañantes - Companions
- Aventuró - Ventured
- Cajas - Boxes
- Desapercibida - Unnoticed
- Descolorida - Faded
- Discretamente - Discreetly
- Empedradas - Cobblestoned
- Ferry - Ferry
- Frustración - Frustration
- Hospedó - Stayed
- Investigar - To investigate
- Mensaje - Message
- Polvo - Dust
- Registraban - Were searching
- Rendirse - To give up
- Soledad - Loneliness
- Temblorosa - Trembling

Sombra en la noche

Carlos no podía dormir. Los misterios giraban en su mente como un torbellino. Se levantó y decidió actuar.

—Tengo que descubrir la verdad —pensó.

Mientras la noche cubría la ciudad con su manto oscuro, Carlos se dirigió nuevamente hacia la casa abandonada. La luna llena le daba un toque aún más misterioso al lugar.

Al acercarse, escuchó voces provenientes del interior.

—Esto tiene que ser algo grande —murmuró para sí mismo. Se agachó y entró sigilosamente, ocultándose en las sombras.

Dentro, encontró varios documentos dispersos sobre una mesa. Eran planes, esquemas de algún tipo de operación criminal.

—¿Qué estarán planeando? —se preguntó Carlos mientras tomaba rápidamente fotos con su teléfono.

De repente, oyó pasos. Se escondió detrás de un viejo armario, conteniendo la respiración. Dos hombres entraron en la habitación, discutiendo sobre un robo.

—Tenemos que ser rápidos —decía uno, un hombre de voz grave.

—Sí, pero no podemos dejar pistas —respondió el otro, nervioso.

Carlos memorizó sus caras, sabiendo que podrían ser la clave para resolver el misterio.

Cuando los hombres se fueron, Carlos salió de su escondite y escapó de la casa, pero sintió que algo no iba bien. Alguien lo seguía. Se volteó y vio una silueta que lo observaba desde la oscuridad.

Corrió hacia una zona más iluminada y, al mirar atrás, vio que el seguidor había desaparecido.

—Tengo que ser más cuidadoso —se dijo, mientras su corazón latía a mil por hora.

Llegó a la estación de policía, aún con el miedo pegado a la piel.

—Necesito hablar con alguien. Es urgente —le dijo al oficial de guardia.

Un detective lo atendió, escuchando con atención su relato.

—Entiendo, Sr. Méndez. Pero debe tener cuidado. Estas personas no juegan —le aconsejó el detective.

Carlos asintió, la preocupación evidente en su rostro.

—Lo sé. Pero alguien tiene que detenerlos antes de que sea demasiado tarde. ¿Y si Lucia ya...?

—No adelantemos acontecimientos, haremos todo lo posible por encontrarla y detener a estos criminales —aseguró el detective.

Saliendo de la comisaría, Carlos miró las calles de Ceuta. La ciudad que solía ser un lugar tranquilo, ahora parecía ocultar oscuros secretos.

—Encontraré a Lucia —se prometió, mientras la luna seguía alta en el cielo.

- Agachó - Crouched
- Armario - Wardrobe
- Conteniendo - Holding back
- Cuidadoso - Careful
- Detective - Detective
- Escondite - Hiding place
- Esquemas - Schemes
- Latía - Was beating
- Manto - Mantle
- Operación - Operation
- Pistas - Clues
- Relato - Account
- Rápidamente - Quickly
- Seguidor - Follower
- Sigilosamente - Stealthily
- Torbellino - Whirlwind
- Urgente - Urgent

La búsqueda de Lucia

Carlos amaneció con una determinación clara: encontrar a Lucia cueste lo que cueste. Recorrió Ceuta, preguntando en cafés, plazas y lugares donde los extranjeros suelen reunirse.

En un pequeño mercado, un vendedor le dijo:

—Sí, vi a una mujer que coincide con esa descripción hace unos días.

Animado, Carlos siguió la información hasta un barrio diferente, un lugar que no conocía bien. Al llegar, sintió una extraña sensación, como si algo no estuviera bien.

De repente, notó que alguien lo seguía. Se giró rápidamente y enfrentó a su perseguidor. Para su sorpresa, era una mujer.

—¿Por qué me sigues? —preguntó Carlos, intentando parecer más seguro de lo que se sentía.

La mujer, visiblemente nerviosa, respondió:

—Lo siento, no quería asustarte. Soy Sofia y conocía a Lucia. Necesito tu ayuda.

Carlos bajó la guardia, intrigado.

—¿Cómo sabes que estoy buscando a Lucia? —preguntó.

Sofia miró alrededor antes de responder:

—He estado observando. Sé que los hombres de la casa abandonada la tienen. Ella es mi amiga, y está en peligro.

Carlos sintió un nudo en el estómago.

—Cuéntame todo lo que sabes —dijo.

Juntos, planearon cómo podrían rescatar a Lucia. Sofia conocía un lugar donde creía que podría estar retenida: un viejo almacén en las afueras de la ciudad.

Con cautela, evitaron ser vistos y sortearon varios sospechosos que merodeaban por la zona.

Finalmente, llegaron al almacén. Era un edificio viejo y abandonado, perfecto para no llamar la atención. Carlos miró a Sofia.

—¿Estás segura de que está aquí? —preguntó.

Sofia asintió, aunque su rostro reflejaba miedo.

—Sí, pero debemos ser muy cuidadosos —afirmó.

Juntos, se prepararon para entrar, sin saber lo que encontrarían dentro. Carlos tomó una profunda respiración. Estaba a punto de descubrir si sus temores eran ciertos.

- Abandonada - Abandoned
- Almacén - Warehouse
- Asustarte - To scare you
- Cautela - Caution
- Determinación - Determination
- Enfrentó - Faced
- Extranjeros - Foreigners
- Merodeaban - Lurked
- Nerviosa - Nervous
- Observando - Watching
- Perseguidor - Pursuer
- Plazas - Squares
- Rehenida - Held (feminine of 'retenida', intended meaning seems to be "held, detained")
- Sensación - Sensation
- Sospechosos - Suspects
- Vendedor - Vendor
- Visiblemente - Visibly

El rescate

Carlos y Sofia llegaron al almacén, el corazón les latía fuerte.

—Tenemos que ser rápidos y silenciosos —susurró Carlos mientras observaban el lugar.

—Hay una entrada por el lado izquierdo. Parece menos vigilada —señaló Sofia.

Asintieron y decidieron dividirse para aumentar las posibilidades de encontrar a Lucia sin ser detectados.

Carlos, moviéndose con cautela, encontró la entrada de la que hablaba Sofia. Miró a su alrededor y, al no ver guardias, se deslizó hacia dentro.

El interior del almacén estaba oscuro y lleno de cajas y sombras amenazantes. Carlos avanzó sigilosamente, escuchando cualquier sonido que pudiera indicarle dónde estaba Lucia.

De repente, escuchó un débil sollozo. Siguió el sonido hasta una habitación cerrada.

—Lucia, ¿eres tú? —susurró al acercarse.

—Sí, ayúdame, por favor —respondió una voz temblorosa desde dentro.

Carlos forzó la cerradura y abrió la puerta. Allí estaba Lucia, atada y con miedo.

—Soy Carlos, un amigo de Sofia. Vamos a sacarte de aquí —dijo rápidamente, desatándola.

Intentaron salir sigilosamente, pero un ruido los delató. Los criminales se dieron cuenta de que Lucia estaba siendo liberada y comenzaron a perseguirlos.

—¡Por aquí! —gritó Carlos, liderando el camino. Pero la situación se complicaba con cada paso.

De repente, Sofia apareció, lanzando algo al suelo que produjo un ruido ensordecedor, distrayendo a los perseguidores.

—¡Vamos, este camino! —gritó ella.

Gracias a su rápida intervención, lograron salir del almacén y corrieron hacia un lugar seguro.

Una vez a salvo, Lucia, todavía temblando, les contó su historia.

—Me secuestraron por un objeto antiguo que descubrí. Pensaron que podría guiarlos hasta él.

Carlos y Sofia se miraron, comprendiendo la magnitud de lo que Lucia decía.

—Necesitamos ir a la policía, ellos podrán protegerte y detener a esos criminales —dijo Carlos firmemente.

Asintiendo, los tres se dirigieron a la estación más cercana para contar todo lo sucedido, esperando poner fin a la pesadilla que había empezado hace días.

- Amenazantes - Threatening
- Atada - Tied up
- Cautela - Caution
- Cerradura - Lock
- Criminales - Criminals
- Delató - Betrayed
- Deslizó - Slid
- Detectados - Detected
- Ensonordecedor - Deafening
- Forzó - Forced
- Guardias - Guards
- Intervención - Intervention
- Latía - Was beating
- Perseguirlos - To chase them
- Rápida - Quick
- Sigilosamente - Stealthily
- Solozo - Sob

Secretos revelados

En la estación de policía, el aire estaba tenso mientras Carlos, Lucia y Sofia se sentaban frente a los oficiales para relatar los eventos recientes.

—Todo comenzó cuando encontré un mapa antiguo sin querer —comenzó Lucia, su voz temblorosa pero firme. —No tenía idea de que llevaría a tanto peligro.

Los oficiales escuchaban atentamente mientras Lucia detallaba cómo había sido secuestrada por una banda que buscaba el tesoro que el mapa prometía.

El jefe de policía, después de escuchar, se levantó decidido.

—Actuaremos de inmediato para capturar a estos criminales —afirmó.

Carlos se ofreció voluntario para ayudar.

—Conozco la zona y puedo ser de utilidad —dijo con convicción.

Juntos, planificaron una operación encubierta para esa misma noche, preparando trampas en los lugares identificados por Lucia como puntos de interés para la banda.

Mientras tanto, Sofia insistió en quedarse al lado de Lucia.

—No te dejaré sola de nuevo —le aseguró, colocando una mano sobre la suya.

La noche cayó sobre Ceuta como un telón, ocultando las acciones de aquellos preparados para desbaratar los planes criminales.

Carlos, junto con el equipo de policía, se apostó cerca del supuesto escondite de la banda. El silencio era absoluto, solo roto por el ocasional susurro de las hojas.

La espera parecía eterna hasta que finalmente aparecieron siluetas en la distancia. Los criminales llegaron, discutiendo sus planes sin saber que cada palabra era escuchada.

—Ahora —susurró el jefe de policía, dando la señal.

De repente, la noche explotó en acción. La policía, con Carlos a la vanguardia, irrumpió sorpresivamente, capturando a los criminales en un torbellino de órdenes y luces.

Los delincuentes, tomados por sorpresa, intentaron resistirse, pero la preparación y la ventaja del elemento sorpresa estaban del lado de la ley.

En medio del caos, Carlos buscó asegurarse de que ningún criminal escapara.

—¡No dejen que se vayan! —gritaba mientras ayudaba a inmovilizar a los más rebeldes.

Finalmente, el silencio volvió a reinar en la estación de policía. Los criminales estaban detenidos, gracias a la valiente actuación de todos, especialmente de Carlos, Lucia y Sofia.

—Lo hemos logrado —dijo Carlos, permitiéndose una sonrisa de alivio mientras miraba a sus compañeras. —Ceuta es un lugar más seguro esta noche.

- Absoluto - Absolute
- Actuaremos - We will act
- Apostó - Positioned
- Convicción - Conviction
- Criminales - Criminals
- Detenidos - Detained
- Encubierta - Undercover
- Escondite - Hideout
- Exploto - Exploded (intended "explotó" for past tense of explode)
- Inmovilizar - To immobilize
- Operación - Operation
- Preparando - Preparing
- Rebeldes - Rebels
- Secuestrada - Kidnapped
- Telón - Curtain
- Trampas - Traps

La víspera del desenlace

Después de la exitosa operación, Carlos, Lucia y Sofia se encontraron en la tranquila terraza de un café local, intentando dejar atrás la tensión.

—Realmente lo hicimos, ¿no es así? —dijo Sofia con una sonrisa, mirando a Carlos y Lucia.

—Sí, pero... —Carlos frunció el ceño, su mente aún trabajando a toda máquina. —Algo no está bien.

—¿Qué sucede, Carlos? —preguntó Lucia, observando su preocupación.

—Es el líder de la banda, nunca lo encontramos. Todos los detenidos son solo secuaces —explicó Carlos, su mirada perdida en el horizonte.

El silencio cayó sobre el grupo mientras digerían la noticia. La victoria que habían celebrado parecía ahora incompleta.

—Debemos ir a la policía —dijo Lucia, levantándose de su asiento. —Tienen que saber esto.

En la estación, Carlos compartió sus sospechas con el jefe de policía, quien asintió gravemente.

—Debemos actuar rápido —afirmó.

—Recuerdo algo —intervino Lucia. —Una dirección que mencionaron los hombres una vez.

Con la nueva pista, formularon un plan para acercarse al escondite del líder sin levantar sospechas. La operación tenía que ser perfecta.

Mientras la noche se acercaba, la tensión en el aire era palpable. El equipo de policía, con Carlos a la cabeza, se preparó para lo que podría ser la confrontación final.

—Esto termina hoy —murmuró Carlos mientras revisaba su equipo.

Lucia y Sofia, aunque a salvo lejos del peligro directo, sentían la presión del momento.

—Ten cuidado —le dijo Sofia a Carlos con un abrazo apretado.

—Lo estaré —prometió él, dándoles una última mirada antes de partir.

La ciudad de Ceuta, ajena a los secretos que se desentrañaban en sus calles, continuaba su noche con tranquilidad, mientras un grupo determinado de personas se dirigía hacia el desconocido desenlace de una larga jornada.

—Esta noche, todo acaba —pensó Carlos mientras se alejaban, con la esperanza y el peso del deber guiando sus pasos hacia la oscuridad que prometía el final de su misión.

- Acercarse - To approach
- Ajena - Unaware
- Asiento - Seat
- Ceño - Brow
- Confrontación - Confrontation
- Desentrañaban - Were unraveling
- Detenidos - Detained
- Dirección - Address
- Escondite - Hideout
- Frunció - Frowned
- Gravemente - Seriously
- Horizonte - Horizon
- Incompleta - Incomplete
- Levantándose - Standing up
- Operación - Operation
- Secuaces - Henchmen
- Sospechas - Suspicions

El clímax

La noche envolvía a Ceuta con su manto oscuro, pero en las calles algo rompía esa tranquilidad: Carlos y la policía estaban listos para actuar. Rodearon silenciosamente el escondite, cada paso cargado de determinación.

De repente, la puerta se abrió bruscamente y el líder de la banda, sorprendido por la emboscada, intentó huir.

—¡Ahí va! —gritó un oficial, iniciando una intensa persecución por las estrechas calles.

Carlos, con su conocimiento de la ciudad, anticipó la ruta de fuga y cortó camino. La distancia entre ellos se reducía rápidamente.

—¡Alto! —gritaba Carlos, pero el líder seguía corriendo.

Finalmente, en un movimiento rápido y preciso, Carlos logró alcanzarlo, derribándolo al suelo.

—¡Se acabó! —dijo mientras esposaba al líder.

La policía no tardó en llegar y asegurar al capturado.

—Buen trabajo, Carlos —dijo el jefe de policía, mientras colocaba al líder en el coche patrulla.

La identidad del líder sorprendió a todos: era una figura respetada en la comunidad, la última persona que cualquiera hubiera sospechado.

—No puedo creer que fuera él —murmuró un oficial.

Con la captura del líder, los detalles del complot criminal salieron a la luz, revelando la magnitud de la amenaza que se cernía sobre Ceuta. Gracias a Carlos y al equipo de policía, la ciudad estaba a salvo.

Lucia y Sofia se encontraron con Carlos después del alboroto.

—No sabemos cómo agradecerte —dijo Lucia, abrazándolo fuertemente. Sofia asintió, las lágrimas brillando en sus ojos.

La policía, representada por el jefe, extendió su gratitud a Carlos.

—Has demostrado un valor y una determinación excepcionales —expresó, estrechando su mano.

Mientras la ciudad empezaba a despertar, la paz y la seguridad se sentían renovadas en Ceuta. Carlos, mirando el amanecer, reflexionó sobre los eventos que habían transcurrido. Se sentía satisfecho, sabiendo que había hecho lo correcto.

El sol comenzaba a iluminar el día, y junto a Lucia y Sofia, Carlos observaba el horizonte.

—Ceuta es ahora un lugar más seguro —dijo Lucia, apoyándose en su hombro. Sofia sonrió.

—Gracias a ti, Carlos.

Y en ese momento, mientras el sol ascendía, marcaron el inicio de un nuevo día en Ceuta, lleno de esperanza y tranquilidad. La aventura había terminado, pero la amistad que habían formado perduraría para siempre.

- Alboroto - Commotion
- Amanecer - Dawn
- Anticipó - Anticipated
- Capturado - Captured
- Cernía - Loomed
- Complot - Plot
- Derribándolo - Knocking him down
- Determinación - Determination
- Emboscada - Ambush
- Esposaba - Handcuffed
- Estrechas - Narrow
- Gratitud - Gratitude
- Persecución - Chase
- Respetada - Respected
- Revelando - Revealing
- Sorprendido - Surprised
- Tranquilidad - Tranquility

Sombras en la Luz: El Misterio de Barcelona

Un Encargo Misterioso

David Martínez miraba el telegrama con una mezcla de sorpresa y escepticismo. —¿Viajar a Madrid? ¿Ahora?—, murmuraba para sí mismo. No obstante, la curiosidad podía más que él, y sin más dilación, hizo las maletas.

Al llegar a Madrid, siguió las indicaciones hasta un café céntrico. El ambiente era acogedor, con un suave murmullo de conversaciones y el aroma del café recién hecho.

Una mujer elegante lo saludó desde una mesa apartada. —¿David Martínez?—, preguntó con una sonrisa cautivadora.

—Sí, soy yo—, respondió David, extendiendo la mano.

—Me llamo Elena. Tengo algo muy importante que discutir contigo—, dijo ella, señalando la silla frente a ella. —Por favor, siéntate.—

David, intrigado, tomó asiento. Elena miró a su alrededor antes de continuar. —Lo que voy a contarte debe quedar entre nosotros. David, no estás aquí como escritor.—

—¿Cómo?—, interrumpió David, confundido.

—Tu muerte ha sido falsificada. Necesitamos que te conviertas en un agente secreto. Tu país te necesita.—

David se quedó boquiabierto, tratando de procesar la información. —¿Un agente secreto? ¿Yo?—

—Sí—, confirmó Elena. —Y tu misión es detener a un peligroso espía en España.—

Antes de que pudiera protestar, le presentaron a Carlos, un hombre robusto y serio. —Él fingirá ser tu hermano—, explicó Elena.

Y luego, a Laura, una mujer con una mirada decidida. —Y ella será tu esposa en esta misión.—

David, Carlos y Laura compartieron un apretón de manos. Se les dio un código secreto y se les instruyó sobre su nueva identidad.

Al día siguiente, viajaron a Barcelona, la ciudad que supuestamente escondía al espía. Se alojaron en un hotel de lujo, donde comenzaron su misión mezclándose con la alta sociedad.

En una fiesta, David se acercó a Carlos, mirando a los invitados. —¿Crees que entre esta gente se esconde un espía?—

Carlos observó la sala con cautela. —Podría ser cualquiera, debemos estar atentos.—

Laura se les unió, ofreciéndoles una copa. —No olviden, somos un matrimonio feliz. No levanten sospechas.—

David asintió, sintiendo la magnitud de la tarea que tenía por delante. —Vamos a hacerlo, por España.—

Mientras la música llenaba el ambiente, los tres se perdieron entre la multitud, conscientes del peso de la misión que recaía sobre sus hombros.

- Acogedor - Cozy
- Alojaron - They stayed
- Apertón - Handshake
- Boquiabierto - Aghast
- Cautivadora - Captivating
- Conversaciones - Conversations
- Código - Code
- Decidida - Determined
- Dilación - Delay
- Espía - Spy
- Falsificada - Falsified
- Identidad - Identity
- Instruyó - Instructed
- Matrimonio - Marriage
- Murmullo - Murmur
- Robusto - Robust

- Sospechas - Suspicions

Sospechas y Encuentros

David y Laura entraron a la gala con elegancia, cada uno desempeñando su papel a la perfección. Se movían entre los invitados, sonrisas preparadas, mientras sus ojos escaneaban la multitud.

—¿Ves algo inusual?—, susurró Laura, acercándose a David.

—Nada todavía. Mantén los ojos abiertos—, respondió él discretamente, mientras tomaba una copa de champagne de una bandeja.

En un rincón oscuro, Carlos observaba, sus sentidos alerta a cualquier señal o pista que pudiera surgir. Entonces, sus ojos se fijaron en un hombre, Alejandro, que parecía fuera de lugar.

David y Laura se acercaron a la pista de baile, danzando cerca de Alejandro. Casualmente, David lo invitó a unirse a ellos. —Disfrutando de la noche, ¿verdad?—, preguntó David con una sonrisa.

Alejandro asintió, uniéndose al baile. —Una noche maravillosa, de hecho—, dijo, sus palabras cargadas de un tono que parecía esconder algo más.

Mientras bailaban, Alejandro dejó escapar comentarios que a David le parecieron señales codificadas. Pero justo cuando empezaban a presionarle con más preguntas, alguien llamó la atención de Alejandro, y la conversación quedó interrumpida.

De vuelta en su habitación, David y Laura encontraron una nota debajo de su puerta. —Debemos ser cautelosos—, dijo Laura, leyendo el mensaje que les citaba en una dirección secreta.

Al día siguiente, con la mente preparada para cualquier eventualidad, llegaron a la dirección indicada. La habitación estaba desolada, excepto por un mapa sobre una mesa.

—Esto debe ser una pista—, murmuró David, estudiando el mapa que señalaba una zona específica fuera de Barcelona.

De repente, un ruido los alertó. Se escondieron rápidamente detrás de una cortina gruesa. Vieron a una figura entrar, buscando algo con desesperación, pero no lograron identificarla.

Una vez que la figura se fue, salieron de su escondite. —Tenemos que averiguar qué buscaba aquí—, dijo Carlos, que había llegado justo a tiempo para ayudarles a escapar.

Sin ser detectados, se deslizaron fuera del edificio, llevándose el mapa pero dejando detrás más misterios sin resolver. —¿Quién era esa persona y qué buscaba?—, se preguntaba Laura mientras se alejaban rápidamente de la escena.

- Alerta - Alert
- Bandeja - Tray
- Cautelosos - Cautious
- Codificadas - Coded
- Desesperación - Desperation
- Desolada - Desolate
- Detectados - Detected
- Elegancia - Elegance
- Escapar - To escape
- Escondieron - Hid
- Eventualidad - Eventuality
- Interumpida - Interrupted
- Invitados - Guests
- Maravillosa - Wonderful
- Pista - Clue
- Señales - Signals
- Sonrisas - Smiles

La Caza

Con el mapa en mano, David, Carlos y Laura se dirigieron hacia la ubicación señalada. Era una zona rural, alejada del bullicio de la ciudad.

—Debe haber algo importante aquí—, dijo Carlos, mientras se adentraban en el campo.

Pronto encontraron una casa que parecía abandonada. Con cautela, empezaron a explorarla. En el interior, hallaron papeles que parecían planes y equipos de comunicaciones.

—Esto es grande—, susurró Laura, hojeando los documentos.

De repente, oyeron el sonido de un auto aproximándose. Rápidamente, se escondieron en un armario viejo. Desde su escondite, vieron entrar a Alejandro con otro hombre.

Los espías comenzaron a hablar. —El atentado en Madrid debe suceder en dos días—, dijo el desconocido. David, Carlos y Laura se miraron, conscientes de la gravedad de la situación.

Una vez que los hombres se fueron, salieron de su escondite y revisaron más a fondo la casa, recolectando toda la evidencia posible.

Pero mientras investigaban, un grupo de hombres armados irrumpió. —¡Es una emboscada!—, gritó Carlos.

Se desató un tenso enfrentamiento. Lograron escapar, pero en la huida, Laura fue herida en el brazo. —¡Estoy bien!—, aseguró, aunque claramente dolorida.

Mientras se alejaban, David miró atrás. —Nos están siguiendo más de cerca de lo que pensamos—, dijo, preocupado.

Sabían que no podían volver a Barcelona sin ser detectados. —Necesitamos contactar a nuestro enlace en Madrid ahora—, dijo Laura, apretando su brazo herido contra su cuerpo.

El grupo, ahora más determinado que nunca, cambió su ruta. Debían prevenir el atentado a toda costa, pero primero, necesitaban poner a Laura a salvo y enviar la información crítica a Madrid. La caza había cambiado de curso, y ahora el tiempo era su enemigo más peligroso.

- Alejada - Remote
- Armario - Wardrobe

- Atentado - Attack
- Bullicio - Bustle
- Campo - Countryside
- Comunicaciones - Communications
- Determinado - Determined
- Emboscada - Ambush
- Enfrentamiento - Confrontation
- Enlace - Contact
- Escondite - Hiding place
- Espías - Spies
- Huida - Escape
- Irrumpió - Burst in
- Papeles - Papers
- Recolectando - Collecting
- Ubicación - Location

Verdades Ocultas

Al regresar a Barcelona, el primer paso fue asegurarse de que Laura recibiera la atención necesaria para sus heridas. La llevaron a un lugar seguro, donde un médico de confianza les esperaba.

—Gracias—, susurró Laura, mientras el médico atendía su brazo.

David y Carlos, mientras tanto, se reunieron en una habitación aparte. —Necesitamos informar a Madrid sobre lo que hemos descubierto—, dijo David, con un tono de urgencia en su voz.

Carlos asintió, sacando su teléfono para contactar a su superior. —También debemos descifrar estos documentos lo antes posible.—

Mientras Carlos hablaba por teléfono, David extendió los documentos sobre la mesa, examinándolos detenidamente. —Mira, aquí mencionan una reunión de altos mandos—, señaló.

—Sí, debemos detener ese atentado—, afirmó Carlos, colgando el teléfono. —Nuestro superior está de acuerdo. Es hora de actuar.—

Carlos decidió infiltrarse en la organización. Disfrazado y con una identidad falsa, se mezcló entre los invitados a la reunión, mientras David y Laura, ya recuperada, planificaban el siguiente paso desde la sombra.

De repente, el teléfono de David sonó. Una voz distorsionada advirtió: —Abandonen la misión si quieren seguir vivos.—

Laura frunció el ceño. —No podemos retroceder ahora—, dijo decidida.

Continuaron con su plan, a pesar de las amenazas. Carlos, desde dentro, enviaba mensajes codificados sobre el progreso de la reunión.

—Es hora de crear esa distracción—, dijo Laura, mirando a David. Juntos, ejecutaron un plan que sembró la confusión, permitiendo que Carlos obtuviera información vital y escapara sin ser notado.

Con las nuevas pruebas en mano, descubrieron que el atentado estaba programado para las próximas horas. Rápidamente, se pusieron en contacto con las autoridades, proporcionando la información necesaria para detener el plan.

Mientras la policía actuaba, David, Laura y Carlos se dieron cuenta de que Alejandro no era más que un peón. —Hay alguien más detrás de todo esto—, concluyó David, mientras contemplaban cómo se frustraba el atentado gracias a su intervención. —Y vamos a descubrir quién es.—

- Abandonen - Abandon
- Actuar - Act
- Altos mandos - High command
- Atentado - Attack
- Autoridades - Authorities
- Codificados - Coded
- Confusión - Confusion
- Descifrar - Decode
- Detener - Stop

- Distorsionada - Distorted
- Documentos - Documents
- Frustraba - Frustrated
- Infiltrarse - Infiltrate
- Médico - Doctor
- Peón - Pawn
- Progreso - Progress

La Confrontación

Después de frustrar el atentado, David, Laura y Carlos se centraron en su siguiente objetivo: encontrar al cerebro detrás del plan.

—Mira esto—, dijo David, mostrando una foto de un influyente empresario barcelonés. —Podría ser él.—

—Vamos a necesitar un plan sólido—, comentó Laura, preocupada pero decidida.

Se infiltraron en una gala exclusiva donde esperaban encontrar al sospechoso. Vestidos con sus mejores galas, se mezclaron entre los invitados sin llamar la atención.

Carlos, siguiendo una serie de pistas sutiles, se encontró cara a cara con el supuesto líder. —Buenas noches, ¿disfrutando de la fiesta?—, inició Carlos, manteniendo la calma pero con los sentidos alerta.

Mientras tanto, David y Laura aprovecharon la distracción para colarse en la oficina del empresario. Buscaron frenéticamente y finalmente encontraron una caja fuerte escondida. Dentro, documentos que podrían cambiarlo todo.

De vuelta en la fiesta, el líder, sospechando de Carlos, intentó alejarse. Carlos lo siguió, intentando mantener la conversación. Pero al notar su nerviosismo, el líder intentó huir.

Se desató una persecución dramática por la opulenta mansión. —¡Por aquí!—, gritó David, uniéndose a la carrera después de reunirse con Carlos.

El equipo, ahora reunido, utilizó su entrenamiento para evadir a los guardias y escapar con las evidencias en mano.

—Tenemos que movernos rápido—, dijo Laura, mientras corrían hacia su vehículo de escape.

A pesar de la tensa persecución, lograron salir de la mansión y se dirigieron directamente a la estación de policía más cercana.

—Con estas pruebas, podemos desmantelar toda la red—, dijo Carlos, mirando los documentos con una mezcla de alivio y determinación.

El equipo, aunque exhausto, sabía que su trabajo estaba lejos de terminar. Pero por ahora, habían dado un paso crucial para limpiar las calles de Barcelona de corrupción.

- Alerta - Alert
- Barcelonés - From Barcelona
- Caja fuerte - Safe
- Calma - Calm
- Cerebro - Brain (figuratively, mastermind)
- Desmantelar - Dismantle
- Determinación - Determination
- Distracción - Distraction
- Empresario - Businessman
- Escapar - Escape
- Exclusiva - Exclusive
- Frenéticamente - Frantically
- Galas - Galas, formal attire
- Infiltraron - Infiltrated
- Nerviosismo - Nervousness
- Persecución - Chase
- Sospechoso - Suspect

La Red se Cierra

Con las pruebas en sus manos, David, Carlos y Laura sabían que tenían que actuar con extrema cautela. La ciudad de Barcelona era un hervidero de corrupción y peligro.

—Vamos a separarnos—, sugirió David. —Así será más difícil que nos sigan.—

—Buena idea—, asintió Carlos, mientras revisaba los alrededores en busca de señales de que estuvieran siendo observados.

Laura miró las pruebas. —Esto cambiará todo. Tenemos que asegurarnos de que lleguen a las manos correctas.—

David se encontró con un contacto en la policía, alguien en quien había confiado durante años. —Tenemos evidencia crítica—, le dijo, pasándole la carpeta llena de documentos.

—Excelente trabajo—, dijo el contacto, hojeando rápidamente los papeles. —Empezaremos las detenciones de inmediato.—

Mientras tanto, Alejandro, sintiendo el cerco cerrarse a su alrededor, intentaba huir del país. Pero Carlos y Laura ya estaban un paso por delante de él.

—¿A dónde crees que vas?—, preguntó Carlos, interceptándolo en el aeropuerto.

Alejandro, acorralado, no tuvo más remedio que rendirse. —No tengo a dónde ir—, admitió, mientras era esposado.

Una vez detenido, Alejandro comenzó a hablar, revelando nombres y detalles que la policía había estado buscando durante años.

—Es solo el principio—, dijo Laura, observando la operación policial en marcha. —Pero es un buen comienzo.—

David, Carlos y Laura fueron recibidos como héroes, pero sabían que la lucha estaba lejos de terminar.

—Esto no ha terminado—, dijo David, mirando a sus compañeros. —Pero hoy, hemos hecho de Barcelona un lugar mejor.—

La ciudad esperaba, respirando alivio y anticipación, mientras se preparaban para limpiar las últimas sombras de corrupción. El trío sabía que los días venideros traerían nuevos desafíos, pero estaban listos para enfrentarlos, juntos.

- Acorralado - Cornered
- Alrededores - Surroundings
- Anticipación - Anticipation
- Carpeta - Folder
- Cautela - Caution
- Contacto - Contact
- Corrupción - Corruption
- Detenciones - Arrests
- Evidencia - Evidence
- Hervidero - Hotbed
- Hojear - To leaf through
- Interceptándolo - Intercepting him
- Operación - Operation
- Papeles - Papers
- Rendirse - To surrender
- Separarnos - To separate ourselves
- Venideros - Coming

Amanecer de Justicia

La noche cubría Barcelona con un velo de misterio mientras David, Carlos y Laura, junto con un equipo de la policía, se preparaban para el asalto final. —Esta es nuestra última oportunidad—, dijo el jefe de la operación, mirándolos fijamente.

—Estamos listos—, respondió Carlos, cargando su arma y revisando su equipo.

La tensión era palpable mientras rodeaban el escondite secreto. —Vamos—, susurró David, y con una señal, el asalto comenzó.

Los disparos resonaron en la oscuridad mientras avanzaban. David y Carlos cubrían a Laura, que se movía ágilmente entre las sombras.

Al entrar, encontraron a varios rehenes atemorizados. —Están a salvo ahora—, aseguró Laura, guiándolos hacia fuera.

La búsqueda del último líder los llevó a las profundidades del escondite. Finalmente, lo encontraron intentando huir por una salida trasera. —¡No tienes a dónde ir!—, gritó Carlos, mientras lo acorralaban.

Durante el interrogatorio, el líder desveló detalles que dejaron a todos boquiabiertos. La red era más extensa de lo que imaginaban.

La noticia de la operación se esparció rápidamente. Barcelona estaba conmocionada pero agradecida. —Gracias por su valentía—, les dijo un ciudadano a David, Carlos y Laura mientras caminaban por la calle.

Alejandro, ahora bajo custodia, decidió colaborar plenamente con la justicia. —Quiero redimirme—, dijo, mirando a Laura.

Con la red finalmente desmantelada, la ciudad comenzó a respirar alivio. La paz, que parecía un sueño lejano, volvía a ser una realidad.

David, mirando el horizonte, reflexionó sobre su aventura. —La línea entre el bien y el mal a veces puede ser delgada, pero hoy, hemos marcado la diferencia.—

Al amanecer, los tres amigos se pararon en una colina, observando cómo la luz del día comenzaba a iluminar Barcelona. —Hemos pasado por mucho—, dijo Laura, apoyándose en el hombro de David.

—Sí, pero mira lo que hemos logrado—, respondió Carlos, con una sonriz.

Mirando hacia la ciudad que habían ayudado a salvar, sabían que, a pesar de los desafíos, su lucha había valido la pena. Barcelona era ahora un lugar más seguro, gracias a ellos.

- Acorralaban - They were cornering
- Amanecer - Dawn
- Arma - Weapon
- Aturdido - Dazed
- Aventura - Adventure
- Colina - Hill
- Conmocionada - Shocked
- Custodia - Custody
- Desveló - Unveiled
- Escondite - Hideout
- Horizonte - Horizon
- Interrogatorio - Interrogation
- Operación - Operation
- Redimirme - Redeem myself
- Resonaron - Resounded
- Rehenes - Hostages
- Valentía - Bravery

La Isla de los Secretos Perdidos

La tormenta moderna

Antonio miró el papel que acababa de recibir y frunció el ceño.
—Fernando, mira esto. Nos han enviado un caso... pero no tiene
remitente.—

Fernando se acercó, curioso. —¿Un caso anónimo? Eso no
ocurre todos los días. ¿De qué se trata?—

—Nos piden investigar la isla de Próspero,— respondió
Antonio. —Dicen que ahí ocurren cosas extrañas.—

—La isla de Próspero... ¿No es esa la que tiene fama de ser un
centro de actividades criminales?— preguntó Fernando con una
mezcla de interés y preocupación.

—Sí, exactamente esa. Y creo que este caso podría ser nuestra
gran oportunidad,— dijo Antonio con un brillo de determinación
en los ojos.

Al llegar a la isla, fueron recibidos por una tormenta repentina.
—¡Genial, justo lo que necesitábamos!— exclamó Fernando
sarcásticamente mientras corrían a refugiarse en un edificio
cercano, que parecía ser un laboratorio abandonado.

Dentro del laboratorio, encontraron indicios de que no estaba
tan abandonado después de todo. —Mira esto, Antonio. Hay
huellas recientes,— señaló Fernando, observando el polvo en el
suelo.

Mientras exploraban, un ruido extraño los detuvo. —
¿Escuchaste eso?— susurró Antonio. —Viene del sótano.—

Descendieron cautelosamente y encontraron un diario.
Fernando lo abrió y leyó en voz alta: —Habla de un tesoro
escondido aquí mismo en la isla.—

—Interesante,— murmuró Antonio, —pero mira esto.— Señaló
hacia una pintura en la pared que ocultaba una puerta secreta.

—¿Un túnel? ¿Dónde llevará?— Fernando encendió su linterna
y juntos se adentraron.

El túnel estaba lleno de fotos y documentos. —Estas personas... parece que fueron vigiladas,— comentó Fernando, examinando las imágenes.

La tormenta afuera se intensificó, añadiendo urgencia a su búsqueda. —Tenemos que darnos prisa,— insistió Antonio.

Entonces, encontraron el artefacto, un extraño mecanismo que parecía afectar el clima. —Esto no es normal,— dijo Antonio, examinándolo.

—Sí, y creo que esto tiene que ver con Próspero,— añadió Fernando. —Debemos encontrarlo.—

A pesar de la tormenta y los misterios, los dos detectives sabían que tenían que descubrir la verdad detrás de la isla de Próspero. La aventura apenas comenzaba.

- Anónimo - Anonymous
- Artefacto - Artifact
- Cautelosamente - Cautiously
- Criminales - Criminals
- Detectives - Detectives
- Diario - Journal
- Documentos - Documents
- Encendió - Lit (turned on)
- Examinando - Examining
- Fotos - Photos
- Huellas - Footprints
- Indicios - Indications
- Linterna - Flashlight
- Mecanismo - Mechanism
- Refugiarse - To take refuge
- Repentina - Sudden
- Tesoro - Treasure

Secretos del subsuelo

Antonio y Fernando avanzaban con cuidado por el túnel subterráneo, iluminando el camino con sus linternas. —Mira, parece que este túnel lleva a otra parte de la isla que no conocemos,— dijo Antonio, observando el mapa improvisado que habían encontrado.

—Y aquí, mira estos restos,— señaló Fernando, deteniéndose ante lo que parecían ser los remanentes de un campamento. Había objetos personales esparcidos, algunos rotos, otros cubiertos de polvo. —Alguien vivió aquí hace tiempo.—

Continuaron avanzando hasta que descubrieron una habitación oculta detrás de una pared falsa. En ella, encontraron pantallas que mostraban diferentes partes de la isla. —Esto es una sala de control,— dijo Antonio, asombrado. —Y estas grabaciones... están vigilando toda la isla.—

Las grabaciones eran perturbadoras; mostraban a personas siendo traídas a la isla a la fuerza. —Estos... ¿No son los testigos del caso de Moreno?— Fernando señaló a la pantalla con una expresión de incredulidad.

Antonio asintió lentamente, su mente trabajando a toda velocidad. —Esto cambia todo. Necesitamos saber más.—

Explorando más, encontraron mapas detallados de la isla, marcando lugares que nunca habían visto. —Alguien ha estado planeando esto por mucho tiempo,— murmuró Fernando.

Pero su descubrimiento fue interrumpido por un sonido. Voces. Siguiéndolas, hallaron una salida secreta que los llevó cerca de una antigua mansión. —Ese lugar no estaba en los mapas,— susurró Antonio.

Observaron desde la distancia cómo una figura encapuchada entraba en la mansión. —Debemos averiguar quién es,— decidió Fernando, comenzando a moverse hacia la mansión con cautela.

Dentro, la mansión era un laberinto de pasillos y habitaciones ocultas. Encontraron documentos que vinculaban la isla con negocios ilegales, lavado de dinero, tráfico... —Esto es más grande de lo que pensábamos,— dijo Antonio, revisando los papeles.

Fernando, mirando a través de una ventana rota hacia el oscuro cielo, suspiró. —¿Crees que nos enviaron aquí sabiendo lo que encontraríamos? ¿Es una trampa?—

Antonio lo miró, la gravedad de la situación reflejada en su rostro. —No lo sé, Fernando, pero tenemos que llegar al fondo de esto. Hay demasiadas vidas en juego.—

Los dos sabían que estaban a punto de desentrañar algo grande, algo peligroso. Pero también sabían que no podían dar marcha atrás ahora. La verdad estaba en algún lugar dentro de esa isla, y estaban decididos a encontrarla.

- Avanzaban - They advanced
- Campamento - Camp
- Control - Control
- Cubiertos - Covered
- Descubrimiento - Discovery
- Encapuchada - Hooded
- Esparcidos - Scattered
- Grabaciones - Recordings
- Habitación - Room
- Isla - Island
- Laberinto - Labyrinth
- Mapas - Maps
- Oculta - Hidden
- Pantallas - Screens
- Perturbadoras - Disturbing
- Remanentes - Remnants
- Subterráneo - Underground

La mansión de las sombras

Antonio y Fernando entraron con cautela en la mansión, sintiendo una extraña sensación de ser observados. —¿Sientes eso?— susurró Fernando, mirando a su alrededor.

—Sí, como si alguien nos estuviera mirando,— respondió Antonio, con la mano en su pistola.

En un estudio descubrieron pinturas antiguas de la isla, mostrando su evolución a lo largo de los años. Pero una pintura en particular captó su atención: un retrato detallado de Próspero, cuyos ojos parecían seguirlos.

—Esto es inquietante,— dijo Fernando, acercándose al retrato. Antonio, curioso, examinó el marco y encontró un mecanismo secreto. —Mira esto, Fernando.—

Al activar el mecanismo, una sección de la pared se deslizó, revelando un pasadizo oculto. —Siempre hay un pasadizo secreto,— murmuró Antonio con una media sonrisa.

El pasadizo los llevó a una habitación llena de papeles y equipos extraños. —Esto parece ser un lugar de experimentos,— dijo Fernando, hojeando unos diarios que detallaban pruebas de control mental en los habitantes.

—Mira, todos estos documentos,— señaló Antonio, — confirman que la isla se utilizaba para actividades ilegales.— También encontraron equipos de vigilancia apuntando a varias partes de la isla.

Explorando más, descubrieron una biblioteca llena de libros sobre ocultismo y avances tecnológicos. —¿Qué estaba planeando Próspero?— se preguntó Fernando en voz alta.

Entre los libros, hallaron correspondencia entre Próspero y alguien llamado Calibán. —Esto se complica cada vez más,— dijo Antonio, frunciendo el ceño.

De repente, Fernando tropezó con un cable que reveló una habitación llena de monitores. —Antonio, ven aquí,— llamó. Los monitores mostraban distintas áreas de la isla, incluyendo la habitación en la que estaban.

—Nos han estado vigilando desde que llegamos,— concluyó Antonio, mirando las pantallas. —Tenemos que encontrar a Próspero y enfrentarlo. Necesitamos respuestas.—

Armados con nueva información y decididos a desentrañar el misterio de la isla, se prepararon para lo que fuera necesario para encontrar a Próspero y hacerle frente a la verdad.

- Activar - To activate
- Avances - Advances
- Biblioteca - Library
- Calibán - Caliban
- Correspondencia - Correspondence
- Deslizó - Slid
- Diarios - Journals
- Equipos - Equipment
- Experimentos - Experiments
- Inquietante - Disturbing
- Mecanismo - Mechanism
- Monitores - Monitors
- Ocultismo - Occultism
- Pasadizo - Passageway
- Pistola - Pistol
- Retrato - Portrait
- Vigilancia - Surveillance

En busca de Prospero

Antonio miró a Fernando con determinación. —Debemos dividirnos para cubrir más terreno. Yo iré al laboratorio; Próspero podría estar allí.—

Fernando asintió. —Entendido. Yo investigaré el norte de la isla. Algo me dice que hay más secretos escondidos.—

Antonio partió con cautela, desactivando trampas en su camino gracias al dispositivo que habían encontrado. Cada paso era medido, cada sombra inspeccionada.

Mientras tanto, Fernando se adentró en una parte desconocida de la isla, donde descubrió una comunidad oculta. —¿Quiénes son ustedes?— preguntó, sorprendido por su vestimenta anticuada.

—Somos los olvidados,— respondió un anciano. —Próspero nos trajo aquí, nos salvó, pero a un gran precio.—

Antonio, por su parte, halló un extraño equipo meteorológico y anotaciones sobre experimentos climáticos. Justo entonces, el cielo se oscureció y una tormenta estalló, obligándolo a refugiarse.

En su refugio, la radio de Antonio crepitó. Era Fernando: —He encontrado algo increíble, Antonio. Y a alguien: Calibán, el hijo de Próspero. Dice que quiere liberar la isla del control de su padre.—

—¿Calibán? Ten cuidado, Fernando. Podría ser una trampa,— respondió Antonio, mientras observaba la lluvia azotar las ventanas.

—Lo sé. Pero podría ser nuestra única oportunidad para entender lo que realmente está pasando aquí,— contestó Fernando.

Antonio, después de que la tormenta pasara, descubrió una sala de control que vigilaba toda la isla. Al desactivar el sistema, puertas y jaulas se abrieron, liberando a personas confinadas. —¿Qué les hizo Próspero?— preguntó, ayudando a un hombre a levantarse.

—No todo es lo que parece,— dijo el hombre, agradecido. —Próspero nos protegió, pero a un costo que nunca imaginamos.—

De vuelta con su radio, Antonio contactó a Fernando. —He liberado a algunas personas. Pero hay versiones contradictorias sobre Próspero. Necesitamos confrontar a ambos, Próspero y Calibán, y descubrir la verdad.—

—De acuerdo,— dijo Fernando, mirando a Calibán con desconfianza. —Nos encontramos en el centro de la isla en una hora. Es hora de acabar con esto.—

Los dos detectives, cada uno con una pieza diferente del rompecabezas, se prepararon para el enfrentamiento que decidiría el destino de la isla.

- Anciano - Elderly man
- Anticuada - Outdated
- Confrontar - To confront
- Contradictorias - Contradictory
- Desactivando - Deactivating
- Desconfianza - Distrust
- Detectives - Detectives
- Dispositivo - Device
- Enfrentamiento - Confrontation
- Equipos - Equipment
- Experimentos - Experiments
- Jaulas - Cages
- Meteorológico - Meteorological
- Oscureció - Darkened
- Refugio - Refuge
- Tormenta - Storm
- Vestimenta - Clothing

El enfrentamiento

Antonio y Fernando avanzaron con determinación hacia la ubicación donde creían encontrar a Próspero. Sus pasos eran firmes, conscientes de que cada movimiento podría estar siendo vigilado.

—Ten cuidado, Antonio, no sabemos qué nos espera,— dijo Fernando, revisando su equipo por última vez.

Al llegar, descubrieron una entrada oculta que los llevó a un amplio laboratorio subterráneo. Allí, Próspero los esperaba, con una calma inquietante.

—Sabía que vendrían,— les dijo Próspero con una voz serena. —Han descubierto mucho, pero aún no comprenden el verdadero propósito de mi trabajo aquí.—

Antonio frunció el ceño. —¿Controlar el clima y la mente de las personas? ¿Llamarías a eso un propósito noble?—

Fue entonces cuando Calibán irrumpió en la sala, furioso. —¡Padre, has desperdiciado tus talentos y los míos en esta locura!—

Próspero miró a su hijo con tristeza, pero la tensión entre ellos escaló rápidamente hasta convertirse en una confrontación física. Fernando se enfrentó a Calibán, mientras Antonio intentaba mediar con Próspero.

—¡Basta, Próspero! ¡Mira a tu alrededor! ¡Lo que has construido aquí no trae nada bueno!— Antonio intentaba razonar con él, mientras esquivaba los objetos lanzados por la lucha entre Fernando y Calibán.

De repente, la sala de control comenzó a emitir alarmas. El sistema de control climático estaba a punto de colapsar. —¡Debemos detener esto antes de que sea demasiado tarde!— gritó Antonio.

Próspero, viendo la magnitud de su error, corrió hacia la consola para tratar de revertir los daños. —¡He ido demasiado lejos!—

Mientras tanto, con un esfuerzo conjunto, Antonio y Fernando lograron someter a Calibán. Justo en ese momento, Próspero logró estabilizar la situación, evitando una catástrofe.

Respirando con dificultad, Próspero se volvió hacia los detectives. —Estoy listo para enfrentar las consecuencias de mis actos.— Miró hacia donde había escapado Calibán. —Y mi mayor error fue no ver el dolor de mi propio hijo.—

La tormenta fuera comenzó a calmarse, al igual que la tensión dentro del laboratorio. La isla estaba a salvo, por ahora. Antonio y Fernando, agotados pero satisfechos, sabían que su misión había concluido, pero la verdadera lucha de Próspero apenas comenzaba.

- Amplio - Spacious
- Calma - Calm
- Catástrofe - Catastrophe
- Confrontación - Confrontation
- Consecuencias - Consequences
- Consola - Console
- Control climático - Climate control
- Determinación - Determination
- Embirrumpió - Burst in
- Entrada oculta - Hidden entrance
- Escaló - Escalated
- Esquivaba - Dodged
- Firme - Firm
- Frunció - Frowned
- Inquietante - Disturbing
- Laboratorio subterráneo - Underground laboratory
- Propósito - Purpose

Después de la tormenta

Con Próspero ya bajo custodia, Antonio y Fernando observaban cómo la vida en la isla comenzaba a retomar su curso normal. Juntos, trabajaron codo a codo con los habitantes, ayudándoles a reconstruir lo que la tormenta y los años de negligencia habían destruido.

—Mira todo lo que hemos logrado en tan poco tiempo,— dijo Fernando, mirando alrededor.

—Sí, pero aún queda mucho por hacer,— respondió Antonio, pensativo. —Esta isla... tiene muchas historias que contar.—

A medida que ayudaban, iban descubriendo más sobre los oscuros experimentos que se habían realizado allí. Las autoridades, finalmente, llegaron para llevar a cabo una investigación más profunda y asegurar el área.

Una noche, sentados en la orilla, Antonio compartió sus reflexiones con Fernando. —¿Te das cuenta de lo delgada que es la línea entre el bien y el mal? Próspero pensaba que estaba haciendo lo correcto para su isla.—

Fernando asintió. —Y nosotros debemos asegurarnos de que todos los afectados reciban la ayuda que necesitan.—

Entre los documentos que encontraron, había planes futuros de Próspero, revelando cuán lejos estaba dispuesto a ir. Sin embargo, lo que más les preocupaba era que Calibán había sido visto en diferentes partes del mundo.

—Debemos encontrarlo antes de que sea demasiado tarde,— dijo Antonio, decidido.

La comunidad de la isla estaba agradecida. —Gracias, ustedes nos han dado una nueva esperanza,— les dijo una anciana, con lágrimas en los ojos.

Con el tiempo, los habitantes compartieron sus historias personales, revelando cómo habían llegado a la isla y lo que habían sufrido. Antonio encontró un mensaje oculto de Próspero, dirigido a él: —Gracias por liberar a mi isla y a mí de mi propia obsesión.—

La tecnología peligrosa fue asegurada y enviada a expertos para su análisis. Mientras tanto, Fernando descubrió pistas que podrían indicar el paradero de Calibán.

Antes de partir, los detectives prometieron a la comunidad que regresarían si alguna vez necesitaban su ayuda nuevamente. Mirando hacia el horizonte, sabían que su próxima misión los estaba esperando. —Donde quiera que estés, Calibán, te encontraremos,— murmuró Fernando al viento.

Antonio miró a su amigo, luego a la isla que dejaban atrás. —Hoy la isla duerme en paz,— dijo. —Pero estaremos listos si la tormenta vuelve.—

- Asegurar - To secure
- Autoridades - Authorities
- Compartieron - They shared
- Custodia - Custody

- Descubriendo - Discovering
- Experimentos - Experiments
- Historias - Stories
- Investigación - Investigation
- Mensaje - Message
- Negligencia - Negligence
- Obsesión - Obsession
- Orilla - Shore
- Paradero - Whereabouts
- Reconstruir - To rebuild
- Reflexiones - Reflections
- Tecnología - Technology
- Tormenta - Storm

El eco de la venganza

Antonio y Fernando siguieron la pista de Calibán hasta una ciudad distante, donde descubrieron que había estado tejiendo una red criminal utilizando el conocimiento que había adquirido en la isla.

—Esto es peor de lo que pensábamos,— murmuró Antonio, observando el bullicio de la ciudad.

—Tenemos que infiltrarnos en su organización y detenerlo antes de que sea demasiado tarde,— respondió Fernando, con determinación en su voz.

Se adentraron en las sombras de la ciudad, buscando aliados inesperados entre aquellos que también habían sido engañados por Calibán.

—¿Qué es esto?— exclamó Fernando, encontrando documentos que detallaban un plan para desatar una tormenta masiva sobre la ciudad.

Antonio frunció el ceño, enfrentando dilemas morales. —Debemos detenerlo, pero ¿a qué costo?—

Fernando, con su astucia habitual, ideó un plan para desactivar los dispositivos de control del clima que Calibán había puesto en marcha.

La confrontación final tuvo lugar en medio de la tormenta, donde Calibán reveló sus verdaderos motivos, marcados por la traición y el deseo de poder.

En un momento crítico, Antonio logró convencer a algunos seguidores de Calibán para que se rindieran, mientras Fernando se apresuraba a rescatar a los civiles atrapados en la furia de la tormenta.

La batalla culminó en una azotea, donde Calibán fue finalmente capturado, y la ciudad fue salvada de la destrucción. Los héroes fueron aclamados por su valentía.

Calibán fue llevado ante la justicia, reflexionando sobre sus errores y el legado de su padre. Mientras tanto, Antonio y Fernando comprendieron que su lucha contra el crimen estaba lejos de terminar.

La historia se cerró con los detectives preparándose para su próxima aventura, sabiendo que la justicia requiere sacrificio y constancia.

- Adquirido - Acquired
- Aliados - Allies
- Azotea - Rooftop
- Bullicio - Bustle
- Civiles - Civilians
- Confrontación - Confrontation
- Desactivar - Deactivate
- Desatar - Unleash
- Determinación - Determination
- Dispositivos - Devices
- Dilemas - Dilemmas
- Engañados - Deceived
- Furia - Fury

- Infiltrarnos - Infiltrate
- Morales - Moral
- Rindieran - Surrender
- Tejiendo - Weaving

Misterio en el Último Vagón

El Viaje Misterioso

El Viaje Misterioso María González se acomodó en su asiento, sintiendo el suave balanceo del tren que la llevaba de Barcelona a Madrid. A su lado, una señora mayor con una mirada amable la observaba con curiosidad.

—Hola, soy María González—, se presentó María extendiendo su mano con una sonrisa.

—Mucho gusto, María. Yo soy Clara López—, respondió la señora, estrechando su mano con gentileza.

No pasó mucho tiempo antes de que las dos mujeres comenzaran a compartir historias de sus vidas, creando un lazo inesperado de amistad.

—¿Sabe?—, confesó Doña Clara en un momento de la conversación, —llevo conmigo un documento muy importante y misterioso.—

María, intrigada, estaba a punto de preguntar más cuando el hambre la llamó. —Voy a buscar algo para comer, ¿quiere algo, Doña Clara?—

Al regresar, el asiento de al lado estaba vacío. Doña Clara había desaparecido. María preguntó a su alrededor, pero, para su sorpresa, nadie recordaba haber visto a la señora.

Confundida y preocupada, María notó algo debajo del asiento: un objeto personal de Doña Clara. —Esto es extraño—, pensó. —Tengo que encontrarla.—

Mientras buscaba respuestas, un joven pasajero se acercó. —¿Necesitas ayuda? Soy Luis—, dijo con una mirada preocupada.

—Gracias, Luis. Es mi amiga, Doña Clara. Ha desaparecido—, explicó María, mostrándole el objeto.

Juntos empezaron a investigar, notando comportamientos extraños entre algunos pasajeros y descubriendo que algo grande se ocultaba detrás de la desaparición de Doña Clara. —Siento que alguien nos sigue—, confesó María, cada vez más nerviosa.

Luis asintió, —Necesitamos ser cuidadosos. Parece que hay más detrás de esto.—

Al final del día, descubrieron que el compartimento donde estaba sentada Doña Clara estaba cerrado desde fuera. —Algo no está bien—, dijo Luis. —Mañana, cuando el tren se detenga, encontraremos la manera de abrirlo.—

María asintió, decidida a descubrir la verdad detrás del misterioso viaje. —Gracias, Luis—, dijo. —Mañana será un día largo.—

- Amistad - Friendship
- Asiento - Seat
- Balanceo - Swaying
- Compartimento - Compartment
- Confundida - Confused
- Cuidadosos - Careful
- Desaparecida - Disappeared
- Document - Document
- Extraño - Strange
- Gentileza - Kindness
- Intrigada - Intrigued
- Largo - Long
- Mirada - Gaze
- Nerviosa - Nervous
- Pasajeros - Passengers
- Respuestas - Answers
- Sorpesa - Surprise

Sombras y Sospechas

Después de varios intentos, María y Luis finalmente lograron abrir el compartimiento cerrado. Lo que encontraron dentro les dejó sin palabras: documentos, mapas y notas en código.

—Esto... ¿es lo que Doña Clara quería decir con 'documento importante'?—, murmuró María, recordando las enigmáticas palabras de la señora.

Luis examinó los documentos con una mirada seria. —Parece algo relacionado con espionaje... ¿Cómo está involucrada Doña Clara en esto?—

Mientras discutían, fueron interrumpidos por Jorge, un pasajero que se había mantenido a distancia pero que ahora miraba a María con severidad. —Deberían dejar de husmear donde no les incumbe,— advirtió en voz baja pero firme.

La desconfianza comenzó a sembrar entre María y Luis. —¿Cómo sabía Jorge que estábamos aquí?—, se preguntó María, sintiendo una creciente ansiedad.

La situación se complicó cuando María recibió un mensaje anónimo en su teléfono: "Estás en peligro. Detén tu búsqueda". El miedo se apoderó de ella, pero la determinación de encontrar a Doña Clara la mantuvo firme.

Pronto, descubrieron que no solo estaban luchando contra el tiempo, sino contra enemigos ocultos en el tren. —Alguien está controlando esto... y no es para bien,— concluyó Luis.

Explorando más, encontraron un pasillo secreto. —Debe llevar a otro vagón,— dijo Luis. Pero justo cuando estaban a punto de entrar, escucharon voces que hablaban de un "traidor entre nosotros".

Intentaron abrir el vagón secreto, pero fueron sorprendidos y Luis fue capturado por hombres desconocidos. María, horrorizada, se encontró repentinamente sola y vulnerable.

En su desesperación, María decidió confiar en Ana, otra pasajera que había mostrado simpatía hacia ella. —Luis ha sido capturado. Necesito tu ayuda,— confesó con los ojos llenos de lágrimas.

Juntas, planearon cómo enfrentarse a los secuestradores y salvar a Luis. Durante su búsqueda, un descubrimiento sorprendente les dio esperanza: encontraron evidencias que sugerían que Doña Clara podría estar escondida en algún lugar del tren.

—Tenemos que encontrarla,— dijo María, llenándose de valor. —Ella es la clave de todo esto.—

Con un nuevo aliado a su lado, María y Ana empezaron a elaborar un plan no solo para rescatar a Luis, sino también para enfrentar las sombras que se cernían sobre ellas en el tren.

- Anónimo - Anonymous
- Capturado - Captured
- Cernían - Loomed
- Desconfianza - Distrust
- Determinación - Determination
- Enemigos - Enemies
- Enigmáticas - Enigmatic
- Espionaje - Espionage
- Husmear - To snoop
- Involucrada - Involved
- Mensaje - Message
- Pasillo - Hallway
- Secreto - Secret
- Secuestradores - Kidnappers
- Simpatía - Sympathy
- Vagón - Carriage

La Red se Cierra

María y Ana, decididas, seguían cada pista que podían para encontrar a Luis. Tras muchas vueltas por el tren, descubrieron un vagón oculto que parecía ser el centro de todas las sospechas.

—¿Crees que Luis esté ahí?— preguntó Ana, mirando nerviosa hacia la puerta cerrada.

—Tenemos que averiguarlo,— respondió María con determinación.

Lograron abrir la puerta y encontraron a Luis atado, pero vivo. Rápidamente lo liberaron y se escondieron juntos en un rincón oscuro del tren.

Mientras se escondían, escucharon voces en el pasillo. Eran altos funcionarios conspirando. María grabó la conversación con su teléfono.

—Tenemos que detener este tren y escapar,— dijo María, mostrando el teléfono a sus amigos.

Pero, ¿cómo? Ana tuvo una idea. —Podemos crear una distracción y usar el sistema de emergencia.—

Justo entonces, Jorge, un pasajero misterioso, se les acercó. —Soy un agente encubierto,— reveló, —y estoy aquí para ayudar.—

Juntos, planearon detener el tren. Jorge y Luis se encargarían de la distracción, mientras María y Ana se dirigían al sistema de emergencia.

Todo estaba yendo según el plan, pero de repente, fueron descubiertos. —¡Corran!— gritó Jorge, y una persecución intensa comenzó por los estrechos pasillos del tren.

Con los conspiradores detrás de ellos, lograron activar la emergencia y el tren comenzó a frenar. Pero ahora, tenían que salir y enfrentar a los que los perseguían.

En medio del caos, María logró recuperar el documento misterioso de Doña Clara. —¡Esto es lo que buscaban!— gritó, mostrándoselo a los demás.

Finalmente, con el tren detenido, escaparon y se dirigieron a la policía, entregando el documento y explicando todo.

Pero mientras contaban su historia, un detalle los dejó helados. —El líder de la conspiración... aún está libre,— dijo Jorge, preocupado. Todos se miraron, sabiendo que la lucha aún no había terminado.

- Altos - High (in context, high-ranking)
- Atado - Tied up

- Conspiración - Conspiracy
- Conspirando - Conspiring
- Distracción - Distraction
- Encubierto - Undercover
- Escapar - To escape
- Frenar - To brake
- Funcionarios - Officials
- Helados - Frozen (shocked in this context)
- Nerviosa - Nervous
- Oculto - Hidden
- Pasillo - Hallway
- Persecución - Chase
- Recuperar - To recover
- Sistema de emergencia - Emergency system
- Vueltas - Turns (in context, rounds/trips around)

Revelaciones Peligrosas

María y su equipo, exhaustos pero decididos, se encontraban en la estación de policía compartiendo cada detalle de la conspiración. La policía escuchaba atentamente, tomando notas y comenzando a unir las piezas del rompecabezas.

—Esto es grave,— dijo el oficial encargado, —es un plan de sabotaje a nivel nacional.—

María miró a sus compañeros. —Esto no termina hasta que capturen al líder,— afirmó, sintiendo un escalofrío de temor.

Más tarde, mientras revisaban sus correos, un mensaje anónimo apareció. "Dejen de investigar si quieren mantenerse a salvo," leía la advertencia. María sintió la tensión en el aire.

—No podemos parar ahora,— insistió Luis, —tenemos que encontrar a Doña Clara.—

Siguiendo nuevas pistas, llegaron a una vieja casa en el campo. Allí, escondida, encontraron a Doña Clara, quien les miró con ojos llenos de lágrimas.

—Esperaba que vinieran,— dijo Doña Clara, guiándolos adentro. —Tengo que contarles todo.—

La verdad era más profunda y oscura de lo que imaginaban. El líder de la conspiración era alguien de alta jerarquía en el gobierno.

Doña Clara les entregó un paquete. —Esto demuestra todo,— dijo, —pero deben tener cuidado.—

Justo entonces, la tranquilidad se rompió. Conspiradores armados rodearon la casa.

—¡Tienen que salir de aquí!— gritó Jorge, abriendo una ruta de escape. La huida fue tensa y peligrosa, pero lograron escapar gracias a la astucia de Jorge, quien reveló ser agente de una organización de inteligencia.

A salvo, pero aún en peligro, sabían que la única solución era exponer al líder públicamente.

María, aunque temía por su familia y amigos, sabía que no podían dar marcha atrás. —Tenemos que hacer esto,— dijo, mirando a cada uno de sus aliados. —Es la única manera de detener todo esto de una vez por todas.—

La noche antes del evento, se reunieron para repasar el plan. —Mañana cambiamos todo,— dijo María, mirando a los ojos de sus compañeros. —Por nosotros, por nuestro país.—

Todos asintieron, sabiendo los riesgos que enfrentaban, pero unidos por un propósito común. La tensión era palpable, pero también lo era su resolución. La batalla final estaba a punto de comenzar.

- Advertencia - Warning
- Astucia - Cunning
- Compañeros - Companions
- Conspiración - Conspiracy
- Correos - Emails
- Encargado - Officer in charge
- Escalofrío - Shiver

- Escondida - Hidden (feminine)
- Evento - Event
- Exponer - To expose
- Huida - Escape
- Inteligencia - Intelligence (as in an intelligence agency)
- Jerarquía - Hierarchy
- Lágrimas - Tears
- Mensaje - Message
- Rodearon - They surrounded
- Sabotaje - Sabotage

El Final del Viaje

El sol apenas asomaba, pero María y su equipo ya estaban preparados. Vestidos con disfraces, se mezclaron entre la multitud del evento, corazones latiendo con la promesa de justicia.

Desde un rincón, observaban al líder, quien hablaba con confianza. —Esperen mi señal,— susurró Jorge, ojo avizor al momento oportuno.

Cuando Jorge levantó discretamente su mano, sabían que había llegado el momento. María, con un suspiro profundo, se adelantó, las pruebas firmemente en sus manos.

—¡Tengo algo que decir!— gritó, interrumpiendo el discurso. La multitud se quedó en silencio, la tensión era palpable.

Mientras María exponía las pruebas, el líder intentó desmentirlo todo. Pero las evidencias eran demasiado claras, demasiado contundentes.

—¡Esto es un error!— gritaba el líder, pero la policía ya estaba avanzando hacia él, esposas en mano.

Doña Clara, presente en el evento, fue aplaudida y reconocida por todos. Su valentía y determinación fueron la chispa de todo.

María, al ver al líder esposado, sintió un alivio indescriptible. —Lo hemos logrado,— susurró.

Luis y Ana se acercaron, abrazando a María. —Sin ti, nada de esto habría sido posible,— dijo Luis con una sonrisa agradecida.

—La red ha sido desmantelada completamente,— anunció Jorge, uniendo al grupo en un último abrazo.

Reflexionando sobre los eventos recientes, María sentía cómo su vida había dado un vuelco. Pero sabía que, después de todo, valió la pena.

Decididos a dejar atrás la tormenta, María y sus amigos planearon unas vacaciones, un tiempo para sanar y celebrar.

Su historia, llena de valentía y justicia, se difundió, inspirando a otros a no temer a la verdad.

María visitó la tumba de Doña Clara, sus ojos llenos de lágrimas pero también de gratitud. —Gracias,— susurró, —tu legado vive en nosotros.—

El tren de la vida seguía adelante, y aunque María se bajó en su destino, sabía que este viaje nunca terminaría realmente. Era solo el comienzo de algo más grande, un viaje del corazón que continuaría siempre.

- Aplaudida - Applauded
- Avizor - Watchful
- Chispa - Spark
- Contundentes - Conclusive
- Desmentirlo - To deny it
- Determinación - Determination
- Disfraces - Costumes
- Esposado - Handcuffed
- Esposas - Handcuffs
- Indescriptible - Indescribable
- Inspirando - Inspiring
- Momento oportuno - Opportune moment
- Palpable - Palpable
- Promesa - Promise

- Suspiro - Sigh
- Tumba - Grave
- Valentía - Bravery

Spanish Graded Readers

For more books and E-book options visit:

www.briansmith.de